Konflikte der Dualität

Konflikte der Dualität

ALDIVAN TORRES

aldivan teixeira torres

CONTENTS

1 Konflikte Der Dualität   1

1

Konflikte der Dualität

Aldivan Teixeira Torres
Konflikte der Dualität

Autor: Aldivan Teixeira Torres
©2017-Aldivan Teixeira Torres
Alle Rechte vorbehalten

–

Dieses Buch, einschließlich aller seiner Teile, ist urheberrechtlich geschützt und darf nicht ohne Genehmigung des Urhebers reproduziert, weiterverkauft oder übertragen werden.

–

Kurzbiografie: Aldivan Teixeira Torres ist Entwickler der Serie der Seher. Aus dem einen oder anderen Grund hörte er mit dem Schreiben auf, erst in der zweiten Hälfte im Jahre 2013 belebte er seine Karriere wieder. Ab diesem Moment hat er nicht aufgehört. Er hofft, dass er mit seinem Schreiben Teil der brasilianischen Kultur wird und das Gefallen zu lesen bei denen erweckt, die noch nicht die Gewohnheit dazu haben, es selbst zu tun. Für Literatur, Gleichheit, Brüderlichkeit, Gerechtigkeit, Würde und Ehre der menschlichen Wesen, immer ist sein Motto.

Konflikte der Dualität
Nachricht
Sitzung
Beichte
Tratsch
Reise nach Recife
Zurück ins Landesinnere
Arrangierte Hochzeit
Besuch
Die Tracht Prügel
Gerusas Cousine
Der „Segen"
Erscheinung
Ein neuer Freund
Der Tag vor der Hochzeit
Tragödie
Die schwarze Wolke
Der Märtyrer
Ende der Vision
Zeugenaussage
Zurück zum Hotel
Die Idee
Die Figur des Majors
Der Job
Die erste Begegnung mit Christine
Zurück zum Schloss
Die Nachricht II
Ausflug nach Climério
Entscheidung
Die Erfahrung in der Wüste
Die Verehrer der Dunkelheit

Die Erfahrung des Besitzes
Das Gefängnis
Dialog
Renatos Besuch
Die dritte Begegnung mit Christine
Der Aufruf des Engels
Der letzte Kampf
Der Zerfall der bestehenden Strukturen
Gespräch mit dem Major
Auf Wiedersehen
Die Wiederkehr
Zu Hause
Epilog

Nachricht

Schon seit einigen Wochen trafen sich Christine und Claudio geheim. Die beiden sahen sich gegenseitig alle fünfzehn Tage bei der Arbeit oder in anderen Situationen mit ihrer Gruppe von Freunden. Diese Treffen wurden von den beiden gut genutzt, um Liebkosungen und Küsse auszutauschen als niemand zusah. Trotz allem war diese Situation nicht bequem für Claudio. Er fühlte sich noch immer unwohl mit Christines Beschluss, niemandem von ihrer Beziehung zu erzählen. Er wollte es entlüften und der ganzen Welt erzählen wie froh und erfüllt er sich fühlte. Dazu rief er Guilherme (ein Straßenkind) und gab ihm einen Zettel, an Christine adressiert. Der Junge führte es schnell aus.

Guilherme erreichte Christines Haus, klatscht in seine Hände und schreit, um gehört zu werden. Gerusa kommt zur Tür.

—Was willst du, Junge?

—Diese Nachricht ist für Frau Christine. Können Sie sie bitte rufen?

— Du kannst sie mir geben. Ich bin vertrauenswürdig.

—Nein. Diese Nachricht muss eigenhändig zugestellt werden.

Widerwillig ruft Gerusa Christine. Eine riesige Neugier baute sich in ihrem Verstand auf. Sie war seit zehn Jahren die Haushälterin der Familie und ihrer Meinung nach passierte noch nie etwas in diesem Haus das an ihr vorbeiging. Seitdem Christine ein Kind war, kümmerte sie sich um sie und ihre Interessen mehr als ihre Mutter. Sie würde daraus nicht ausgelassen werden. Christine ist in ihrem Zimmer und als sie die Nachricht hört, geht sie schnell zum Jungen. Sie nimmt die Nachricht und Gerusa begleitet sie. Sofort schließt sich Christine in ihrem Zimmer ein und lässt eine beklommene Gerusa zurück. Sie fühlt sich gewürdigt von Christine Attitüde. Die Jahre der Gemeinschaft und Komplizenschaft zerfielen in diesem Moment in Staub. Nach allem, was könnte so wichtig sein, dass Christine es verstecken wollen würde?

Sitzung

Mit ihrem rasenden Herzen begann Christine die von Claudio geschriebene Nachricht zu lesen. In ihr lädt er sie zu einem Treffen ein, das in seinem Zuhause gehalten wird, ein. Christine zweifelt und denkt, dass es Risikofall sein könnte dorthin zu gehen. Die bösen Zungen des Dorfes könnten Verdacht über die beiden schöpfen und diese Nachricht könnte direkt bei ihren Eltern landen. Sie wollte die Beziehung erhalten. Auf der anderen Seite wollte sie Claudio nicht wehtun und keine Entfremdung zwischen ihnen provozieren. Die Gefühle, die sie für ihren Liebhaber hatte, waren wichtiger. Sie denkt ein wenig nach und entscheidet sich zu gehen. Sicherlich war es Wert es für ihre wahre Liebe zu riskieren. Die Konsequenzen, sofern es welche geben würde, würden sie zusammen ausbaden.

Christine macht sich bereit und geht ohne Erklärung an Gerusa oder irgendjemanden anders. Ihr Verstand wandert an Orte, die unbekannt für jeden sind, der nicht ihre Geschichte kannte. Sie denkt an das Kloster, den Sohn des Gärtners und ihren Liebhaber, Claudio. Das Kloster erschien als ein altes Bild, welches sie vergessen will. Dort, wo sie Latein lernte so wie die Grundsteine der Religion, den Respekt für Leute und die wahre Bedeutung des Wortes Liebe. Noch immer im Kloster erinnert sie sich an den Gärtner-hohn und die Wichtigkeit, die diese Entscheidung auf ihre Reife hatte und wie sie ihr Leben veränderte. Sie gab auf eine Nonne zu sein und nahm alle Konsequenzen daraus sowie die Enttäuschung und Missachtung ihrer Mutter. Sie denkt an Claudio und mit diesem Gedanken füllt ein Lichtstrahl ihren ganzen Körper. Ihre Hoffnung ist, dass sie für immer zusammenbleiben, von ewiger Liebe unterstützt, auch wenn sie unüberwindbare Barrieren überwinden müssen. Das Picknick auf der Spitze des Berges schießt in ihren Kopf und wie glücklich sie waren, obwohl sie nicht zusammen waren. Sie erinnert sich an die Umarmung, den Kuss und den Wunsch, den sie auf dem Heiligen Berg machte. Auf einer Weise begann ihre Bitte schon, beantwortet zu werden, da sie und Claudio sich schon treffen. In die Kirche zu gehen und zu lernen, was sie hatte, half ihr, ihre Beziehung in Sucavão anzufangen. Der Magische Ort hatte die Macht zu verzaubern und zwei Herzen zusammenzubringen. Sie lernte wie der fließende Fluss zu sein, sich selbst völlig dem Ziel, Claudio, hinzugeben. Für ihn entschied sie sich zu der Zusammenkunft zu gehen.

Christine beschleunigt ihre Schritte, getrieben von Neugier. Sie ist nur noch ein paar Meter entfernt von seinem Haus. Sie sieht sich um und stellt sicher, dass niemand sie verfolgt oder beobachtet. Der Instinkt des Selbstschutzes war stärker als alles andere. Jede Vorsichtsmaßnahme, den genommen wurde, war nötig in einer Beziehung, die noch nicht bestätigt war. Sie geht weiter und erreicht endlich Claudios Zuhause. Sie klopft an die Tür und wartet, bis sie jemand öffnet. Die Tür öffnet sich und Claudio zieht sie hinein. Zu Christines Überraschung ist Claudios ganze Familie vereinigt.

—Hier ist meine Freundin, Christine, wie ich es versprochen habe. Wir treffen uns jetzt seit zwei Wochen. Das ist meine Mutter Olivia (er zeigte auf eine Frau mit starken Charakterzügen die ungefähr 50 Jahre alt scheint). Die anderen kennst du schon, Fabiana und Patricia und mein Vater, Paulo Pereira.

Christine ist atemlos während dieser Präsentation. Was machte Claudio? Hatte er nicht zugestimmt sich heimlich zu treffen? Verlegen begrüßt Christine jeden. Claudio setzt sie an den Tisch an dem jeder Sitzt.

—Willkommen in der Familie, Christine. Mein Mann und ich stimmen der Beziehung zu. Du bist ein ernst zu nehmendes und voll kommendes Mädchen. (Olivia)

—Ich konnte diese Situation nicht mehr aushalten. Meine Eltern sollten das recht haben, das Mädchen meines Herzens zu treffen. (Claudio)

Angesichts dessen umschlang Claudio Christine in seine Arme und küsste sie.

—Ich sagte Christine schon wie froh ich bin ihre Schwägerin zu sein. Dazu möchte ich sagen, dass ich deine Entschlossenheit und deinen Mut beneide. (Fabiana)

—Ich auch. Ich wünsche euch beiden viel Glück. (Patricia)

Paulo Pereira beginnt Cocktails zu servieren und Christine ist ein wenig verschlossen, obwohl sie froh ist. Die Konversation geht um Reisen und verschiedenen Themen und Christine ist im Zentrum der Aufmerksamkeit. Jeder komplementiert ihre Haltung und ihren Stil. Zeit vergeht und Christine bemerkt es nicht Mal. Nachdem sie sich kennengelernt hatten verabschiedet sich Christine und Claudio begleitet sie zur Tür. Sie umarmen und küssen sich bevor sie sich voneinander verabschieden. Claudios Gesinnung zeigte Christine, dass seine Absichten ernst und echt waren.

Beichte

Es war ein wunderschöner Donnerstagmorgen und Christine bereitet sich vor Vater Chiavaretto zu sehen. Sie ist in einer Schlange bestehend aus fünf Leuten. Angst, Nervosität und Zweifel erfüllten ihr gesamtes Wesen. Die Vorbereitungen, die sie vor ihrem Geständnis machte, zeigten keinen Effekt. Alles, was sie als Sünde sieht, kommt in ihre Gedanken: Unterlassungen, Fehler und ein Mangel an Vorsicht. Trotzdem war sie noch nicht sicher, ob sie überhaupt die ganze Wahrheit erzählen würde. Auf der anderen Seite würde sie, wenn sie es nicht machen würde, weiter in dieser Sünde bleiben. Die Nonnen im Kloster, wo sie drei Jahre verbrachte, waren ziemlich Streng in diesem Sinne. Die Schlange leert sich und Christine ist die nächste. Sie betritt den Beichtstuhl und kniet nieder.

—Gegrüßt seist Du, Maria, voll der Gnade.

—Empfangen ohne Sünde.

—Gestehe deine Sünden, meine Tochter.

—Gut, Vater, ich habe eine Sünde, die auf mir liegt. Seit einer Weile treffe ich den Steuereintreiber, Claudio. Dieses Geheimnis zerstört mich, Vater. Manchmal kann ich in der Nacht nicht schlafen. Trotz allem, wenn ich es sage bin ich sicher, dass meine Eltern gegen die Beziehung sein werden, weil sie sehr voreingenommen sind. Was soll ich tun, Vater? Ich will mich nicht von Claudio trennen, weil ich ihn Liebe.

—Meine Tochter, du musst mir die ganze Wahrheit sagen. Nur dann kann ich dein Bewusstsein von Reue befreien. Erzähle es deinen Eltern und zeige ihnen deine Anschauungsweise. Wenn Liebe echt ist, übersteht sie jedes Hindernis. Ich denke, ich werde dir eine Buße geben um besser reflektieren zu können. Bete zehn Väter unser und fünf Gebete.

Christine dankt dem Vater und erfüllt ihre Buße. Sie würde den Vorschlag, den sie erhielt, reflektieren.

Tratsch

Zu Claudios Haus zu gehen blieb nicht unbemerkt, genauso wenig wie er sie in der öffentlich behandelt. Beatrice, Claudios Nachbarin, war misstrauisch, dass der Besuch nicht nur ein freundlicher war. Daher entschied sie sich die beiden zu erkunden, um festzustellen, ob sie richtig in ihrem Verdacht lag. Letztlich fand sie die ganze Wahrheit heraus. Für eine Weile blieb sie aus der Angst vor der Reaktion des Majors und seiner Frau still. Später hatte sie das Gefühl, dass die ganze Situation nicht gerade gerecht wäre. Mit einem Sinn für Gerechtigkeit entschied sie sich zum Haus des Majors zu gehen. Sie kommt an, klatscht in ihre Hände und trifft Gerusa.

—Was wollen Sie?

—Ich will mit dem Major und seiner Frau sprechen.

—Sie sind im Wohnzimmer. Kommen Sie rein.

Schnell kommt Beatrice in das Haus und steht vor den beiden.

—Guten Tag, Major Quintino und Frau Helena. Ich habe mit Ihnen über etwas Ernstes zugesprochen. Ist Ihre Tochter Zuhause?

—Sie ging zur Beichte. (Helena)

—Noch besser. Ich will mit Ihnen über sie sprechen. Sie trifft sich heimlich mit dem Steuereintreiber, Claudio. Hier. Ich habe es gesagt.

—Was? Bist du verrückt, Frau? Meine Tochter ist ein gutes Mädchen. Sie würde nicht mit einem Jungen wie ihm etwas anfangen. (Major)

—Ich kann es auch nicht glauben. Ich will noch immer, dass sie eine Nonne wird. (Helena)

—Ich versichere Ihnen, dass was ich sagte wahr ist. Ich sah die beiden mit eigenen Augen wie sie sich umarmten und küssten, ich schwöre es wie ich hier stehe.

—Dann hat sie uns betrogen. Sie liegt falsch, wenn sie denkt, dass sie mit ihm zusammen bleiben wird. Ich würde weder meinen Namen noch mein Blut mit einem einfachen Pereira mischen. (Major)

—Ich kann es auch nicht glauben. Ich werde sie nicht heiraten lassen. (Helena)

—Gut, ich denke, ich habe meine Gute Tat geleistet. Ich kann Ungerechtigkeiten nicht ausstehen.

—Danke, dass du uns Bescheid gegeben hast. Ich werde es wieder gut machen.

Der Major erhebt sich und gibt Beatrice einen Batzen Geld. Sie geht glücklich und schweigend aus dem Bungalow, denkend, dass sie ihre Mission erfüllt hätte.

Reise nach Recife

Die Nachricht, dass sich Christine mit einem einfachen Steuereintreiber traf, hinterließ den Major nicht glücklich. Mit seiner verletzten Ehre plante er dieser ärgerlichen Situation ein Ende zusetzten. Er schickte dem Bürgermeister und dem Oberst von weißem Fluss eine Nachricht in der er sie zu einer Reise nach Recife einlädt. Die drei würden mit dem Gouverneur über das Geschäft, Politik und persönliches sprechen. Mit allem erledigt packte der Major seine Koffer, da er schon am nächsten Tag nach Recife fahren würde.

Der Tag startet und die Sonne ist heißer als nie zuvor. Der Major erwacht ohne Verspätung und nimmt ein Bad. Er geht ins Badezimmer, schaltet den Wasserhahn ein und das kalte Wasser flutet seinen ganzen Körper. Das kalte Wasser beruhigt sein Gewissen, doch sein Blut kocht noch immer. Er erinnert sich an Christine als sie noch ein Kind war. Sie war süß und empfindlich, wie eine Blume. Einmal spielte sie mit ihren Puppen und lud ihn ein mit ihr zu spielen. Er akzeptierte verlegen. Christine übernahm die Rolle der Mutter und er war die Vater-Puppe. Sie spielte lang und simulierten Konversationen und Situationen in der Familie. Es gab einen Moment, in dem sie sagte: – Meine Puppe ist glücklich einen Vater wie dich zu haben. Es bewegte ihn sehr und er musste mit dem spielen aufhören damit sie ihn nicht weinen sah. Was ist mit dem kleinen, sensitiven Mädchen? Wie konnte sie ihn so hintergehen? Als sie geboren wurde, konnte er nicht bestreiten, dass er sich ziemlich nachteilig gefühlt hatte, weil sie weiblich auf die Welt kam. Das Beste für ihn wäre gewesen, wenn er einen Sohn gehabt hätte, jemand, der ihm in der Tyrannei, politischen Macht und sozialen Prahlerei nachfolgen könne. Doch mit der Zeit bewies sie ihren Wert und gewann jeden in der Familie auf ihre Seite. Seine Pläne änderten sich dazu einen guten Schwiegersohn zu beschaffen, um sich, um seine Tochter zu kümmern und ihm nachzufolgen. Diese Pläne schienen aber wegen der schlechten Nachricht, die er erhielt bergab zu gehen. Schnell schaltet der Major das Wasser aus und verlässt das Badezimmer. Er war in Eile, um seinen Plan umzusetzen.

Er begibt sich in die Küche und frühstückt. Er begrüßt seine Frau, doch tut so als ob seine Tochter nicht sehen würde. Christine nützt die Initiative, um mit ihm zu reden, doch er antwortet ihr verbittert und trocken. Sie denkt, dass die Einstellung ihres Vaters komisch ist, bleibt aber leise. Der Major isst sein Frühstück, lässt sie wissen, dass er für einige Tage nicht da sein wird, steht auf und geht. Gerade aus dem Haus beginnt er einen Plan für seine Aktion zu schmieden: Als Erstes würde er zur Polizeistation gehen und dann würde er den Zug nach Recife betreten. Seine Pläne wandeln sich in den Status des Majors um, unermüdlich, schwierig und enttäuscht. Er war unruhig was die Situation, in der er sich befindet: Er, Schwiegervater eines einfachen Beamten. Er war besorgt, weil er die genauen Ergebnisse, die er auf dieser Reise erzielen, wird nicht weiß. Er war enttäuscht, weil er von seiner geliebten Tochter verraten wurde. Was könnte noch passieren? Er wusste es nicht. Einige Minuten später kann er die Polizeistation schon sehen und sein Hass wird sogar noch größer. Wer dachte sei dieser erbärmliche Schuldeneintreiber? Nicht einmal in seinen wildesten Träumen könnte er der Matias Familie beitreten. Das war eine Familie, die traditionell war, die nahezu das ganze Land westlich von Pesqueira einnahmen. Wer waren die Pereiras? Nur eine einfache Händlerfamilie die nicht auf derselben Stufe wie seine Tochter war. Er würde zu seinen Lebzeiten nicht erlauben, dass sie zusammen sind.

Schließlich betritt der Major die Polizeistation und geht zum Büro des Abgeordneten Pompeu. Er nickt mit seinem Kopf und beginnt zu sprechen.

—Herr Pompeu, ich habe einen Auftrag für Sie. Ich will, dass Sie für mich einen Mann festnehmen.

—Wieso? Wer ist der Mann?

—Es ist ein Mann der meine Tochter nicht respektierte. Sein Name ist Claudio, der Steuereintreiber.

—Claudio? Er scheint ein netter Junge zu sein.

—Das dachte ich auch. Trotzdem, er war mit seiner Attitüde respektlos mir gegenüber. Von heute an ist er mein Feind und er muss für seinen Verrat zahlen. Ich will, dass Sie ihn sofort festnehmen und ihn bis ich es sage nicht freilassen.

—Gut, ich mache es. Meine Männer werden ihn heute noch einsperren.

—Das wollte ich hören. Du bist ein guter Freund, Pompeu. Wer weiß, wenn ich der Bürgermeister bin könnten Sie mein Sekretär werden.

—Zu Diensten, Herr.

Die beiden trennen sich und der Major geht in Richtung des Bahnhofs. Ein Zug mit Ziel Recife würde in wenige Minuten losfahren. Die Schritte des Majors werden immer regelmäßiger und er fühlt sich besser. Der erste Schritt seines Planes war geschafft. Sein Feind würde schon in Kürze machtlos hinter Gitterstäben stehen. Christine würde damit leben müssen, dass er nicht mehr da ist. Der Major beginn in seinem Kopf den zweiten Schritt seines Planes zu entwerfen, einen Schritt, über den nur er und Gott Bescheid wissen. Er kommt beim Bahnhof an, kauft sich eine Karte, sagt Hallo zum Personal und besteigt den Zug.

Nachdem er in den Zug steigt, kreuzt er den Weg des Obersts von weißem Fluss (Herr Henrique Cergueira). Er setzt sich neben ihn und freut sich dass, der Oberst seiner Bitte nachkam. Sie sprechen und erinnern sich an ihre Tage als Entdecker. Sie erinnern sich an die Resistenz der Ureinwohner und wie grausam sie sein mussten, um das Land an sich zu reißen. Es waren Momente des Ruhmes für die zwei. Major Quintino und Bauer Osmar nahmen das Land an sich in der Mimoso Region und Oberst Henrique Cergueira nahm das Land in der weißer Fluss Region, ein Dorf im Westen von Mimoso. Der Oberst erinnert sich, wie er es schaffte, eine Ureinwohner-Familie davon zu überzeugen, dass er sie nicht verletzten wird. Die Zeit vergeht schnell für die zwei, die sich an die nicht so lang vergangene Zeit erinnern.

Der Zug pfeift um zu signalisieren, dass er stehen bleiben wird. Der Major und der Oberst gehen hinaus, um schnell etwas zu essen. Sie gehen dazu in eine Bar nahe der Pesqueira Bahnstation.

—Was wollen Sie haben, die Herren?

—Zwei Becher von dem guten Zeug das ihr da habt und ein Teller des Rinderbratens. (Major)

—Gut, Major, du hast mich gebeten nach Recife zu gehen, hast aber nicht erklärt, wieso wir wirklich dorthin gehen.

—Ich habe meine Pläne, kann sie jetzt aber nicht erzählen. Ich muss ein Problem mit dem Gouverneur lösen und dann ein ernstes Gespräch mit dir führen.

—Kannst du mir keinen Hinweis geben?

—Nein. Nicht mehr wie ich schon gesagt habe.

Das Gespräch beruhigte sich und die beiden aßen ihr essen. Sie verlassen die Bar, gehen zurück zur Bahnstation und betreten wieder den Zug, weil er dabei ist loszufahren. Nachdem sie den Zug Betreten waren, war der Bürgermeister schon da. Der Major freut sich darüber, dass er auch seiner Bitte nachging. Sie verbleiben im selben Waggon und sprechen über ihre Familien, Fußballstars und Frauen. Als sie über ihre Familien sprechen, nennt der Major seine Frau und Tochter die größten Schätze. Der Oberst spricht über seinen Sohn, Bernard, und seine Tochter Karina und garantiert, dass sie seine rechtmäßigen Nachfolger sein werden, wie in der Politik, so auch in ihrer Handelsweise. Der Major sagt, dass er keine Kinder hat, weil seine Frau unfruchtbar ist, nichtsdestotrotz ist er glücklich verheiratet. Über Sport sprechend, benennen sie Sport Recife und Nautisch als die besten Fußballvereine im Staat. Beim Thema Frauen behauptet der Major, dass er alle Arten liegt. Der Oberst sagt, dass er dunkelhäutige Frauen mit schlankem Körper bevorzugt. Der Bürgermeister behauptet, dass er auf keine Frauen außer seiner Ehefrau schaut. Die anderen lachen über die Aussage. Sie reden weiter und die Zeit vergeht schnell. Der Zug macht noch einige Halte bevor er in seiner Endstation, Recife, ankommt.

Die drei kommen an und rufen sofort ein Fahrzeug um sie an den Ort zu fahren, am dem der Sitz der Landesregierung ist. Im Auto stellt sich der Fahrer vor und fragt ein paar Fragen. Sie antworten, um das Gespräch am Leben zu halten. Der Fahrer spricht über Recife, die Brücken, Strände, Flüsse, Kirchen und weitere Sehenswürdigkeiten hervorhebend. Er schließt damit ab zu sagen, dass die Leute in Recife nett und gastfreundlich sind. Der Major schenkt der Konversation nicht viel Aufmerksamkeit weil er auf seine Pläne fokussiert ist. Die Unterhaltung mit dem Gouverneur würde entscheidend für ihn sein. Einige Zeit später stoppt das Auto vor dem Palast und alle steigen aus.

Die drei gehen die paar Meter die sie von dem Palast trennt und betreten durch den Haupteingang. Drinnen werden sie zur Regierung gewiesen und versprochen, dass der Gouverneur sie bald sprechen wird. Sie gehen in den Bereich und werden vom Gouverneur willkommen geheißen. Der Bürgermeister kümmert sich um die genauen Vorstellungen.

—Das ist Major Quintino, die größte politische Autorität der Region aus dem blühenden Dorf Mimoso. Und das hier ist der Oberst von Weisser Fluss (Henrique Cergueira), ein wichtiger Vorreiter der Region westlich von Pesqueira.

—Ich habe von Mimoso gehört. Der Ort wurde mit der Entwicklung der Eisenbahn ein wichtiger Handelsposten von Pernambuco. Was Sie betrifft, Oberst, Sie sind berüchtigt für ihre großen Erfolge. Es ist eine Ehre sie in diesem Gebäude zu willkommen, welches die Stärke unserer Leute und den Stolz auf unseren Staat repräsentiert. Wie kann ich Ihnen helfen?

—Der Major sollte es wissen. Er lud uns ein hierher zu kommen, ließ uns aber in der Unwissenheit zurück. (Oberst von Weisser Fluss)

—Es ist wahr. Was die nächsten Wahlen als Bürgermeister von Pesqueira betrifft, ich würde gerne, mit allem Respekt, Herr, wissen, ob sie mich als Nachfolger unseres guten Freundes, Herr Horacio Barbosa, unterstützen würden.

—Was? Die Pesqueira Region hat viele Oberste. Einer davon sollte der Nachfolger sein.

—Keiner von ihnen hat meinen Scharfsinn oder politische Macht. Ich habe ein Folterinstrument namens Presse eingeführt das der absolute Terror für meine Feinde war. Ich bin nicht mehr länger nur ein einfacher Major. Herr Horacio und Herr Henrique, hier gegenwärtig, können das zu meinem Gunsten bezeugen.

—Es stimmt. Major Quintino sticht in der Stadt Pesqueira heraus. Er ist ein wichtiges Mitglied unseren Systems der „Obersten". Ich, als Oberst von Weisser Fluss, zeige ihm meine uneingeschränkte Unterstützung.

—Ich unterstütze ihn auch. Er war einer der ersten Pioniere unseres Landes in der Region von Mimoso. Seine Haltung gegenüber den Ureinwohnern war sehr wichtig und entscheidend. Er ist der einzige, der mich als Bürgermeister ersetzen könnte.

—Gut, wenn ihr beide seiner Kandidatur zustimmt und sie bestätigt werde ich nicht ablehnen. Ich werde ihn als den nächsten Bürgermeister von Pesqueira unterstützen.

Die drei applaudieren dem Gouverneur und Major Quintino

zieht den Oberst von Weisser Fluss in ein anderes Zimmer. Sie würden ein privates Gespräch haben.

—Was wollen Sie mir sagen? Wieso haben Sie mich so gezogen?

—Ich habe Ihnen etwas anzubieten, Herr. Ich habe eine wunderschöne Tochter namens Christine und will, dass sie so schnell wie möglich heiratet. Ich dachte über mögliche Ehepartner für sie nach. Dann erinnerte ich mich an Ihren Sohn Bernardo und wie er ihr rechtmäßiger Erbe ist, wie in der Haltung, als auf politisch. Ich denke, dass er genau zu meiner Tochter passen würde. Was sagen Sie? Es wäre toll, wenn wir beide unsere Familien vereinen.

Herr Henrique denkt für einen Moment nach und antwortet.

—Ich dachte auch darüber nach Bernardo zu verheiraten. Es kommt die Zeit, wenn ein Mann sich klar werden muss und Wurzeln legt. Ihre Tochter wäre ein großer Vorteil für ihn. Trotzdem, war sie nicht dabei eine Nonne zu werden?

—Sie vergrub diese Idee schon. Meine Frau füllte ihren Kopf als sie noch kleiner war. Jetzt hat sie sich entschieden und ist bereit zu heiraten. Wann können wir die Hochzeit planen?

—Ich denke, dass ein Monat genug sein wird um sich um alle Abmachungen zu kümmern. Wir müssen eine große Feier haben und all unsere lieben Kollegen im System einladen.

—Natürlich. Alles für das Glück der beiden. Ich kann es nicht erwarten bis mein Haus voller Enkelkinder ist.

Die beiden schütteln ihre Hände und kehren in das Büro des Gouverneurs zurück, wo sie auf den Mayor treffen. Sie sagen Lebewohl zur höchsten politischen Autorität und gehen in einem in der Nähe gelegenen Hotel. Sie würden zwei Tage in der Hauptstadt von Pernambuco verbringen wo sie an Zeremonien teilnehmen würden und die Schönheit der Strände genießen.

Zurück ins Landesinnere

Die drei Reisenden aus dem Landesinneren verlassen das Hotel und die Einrichtungen der Hauptstadt von Pernambuco. Sie mieten ein

Fahrzeug direkt zur Bahnstation. Kurz darauf erreichen sie ihren Zielort. Sie verlassen das Auto, kaufen sich ein Zugticket und steigen schließlich in den Zug ein. Sie setzten sich in den Bereich der ersten Klasse. Der Bürgermeister und der Oberst von weißem Fluss starten zu sprechen, während der Major in Gedanken gefangen scheint, seine Überlegungen verstreut. Das Bild von Claudio und Christine kommt in seine Gedanken. Nein, sie könnten nie zusammen sein, weil sie in ganz verschiedene Welten gehören. Er zog seine Tochter nicht groß damit sie Angestellt in einem Einzelhandelsgeschäft wird. Sie verdiente so viel mehr als das, weil sie die Tochter eines Majors war, der höchsten politischen Autorität in der Mimoso Region. In seinem Kopf sah der Major Claudio im Gefängnis und es gab ihm ein seltsames Gefühl der Genugtuung. Wer sagte ihm ihn so zu hintergehen? Wer berechtigte ihn dazu zudenken, dass er so hoch träumen könnte? Er zahlte einfach nur den Preis seiner eigenen Verrücktheit. Der Major stellt sich die ganze Situation vor und hat keine bedauert. Trotz allem suchte er nach den Interessen seiner Tochter und ihrer Zukunft.

Der Zug rollt los und der Major tritt dem Gespräch mit den zwei Kollegen bei. Sie sprechen über ihre zukünftigen Projekte. Der Oberst von weißem Fluss sehnt sich danach in einigen Jahren aus dem Dorf eine Stadt zu machen und dann unabhängig von Pesqueira zu werden. Er träumt davon Bürgermeister zu werden und gute Positionen für seine Familie und Freunde zu beschaffen. Der Bürgermeister spricht davon, die Politik zu verlassen und ein großer Grundbesitzer im Hinterland, in der Gegend von Vila Bela, zu werden. Er spricht davon, sich um Herden und Vieh zu kümmern und große Plantagen zu bepflanzen. Das Geld, das er durch Bestechungen erhielt, würde genug sein um seine Pläne zu realisieren. Der Major ist anspruchsloser. Er will seine Tochter verheirate und mit Kinder sehen. Er zählt auch auf das Wort des Obersts, der versprach, ihn als Bürgermeister zu unterstützen. Die drei reden weiter und ein Arbeiter bietet ihnen Säfte und kleine Jausen an. Sie nehmen sie an. Die Zeit vergeht schnell und sie fahren durch alle großen Städte des Staates. Als sie in Pesqueira ankommen verabschiedet sich der Bürgermeister von ihnen und verschwindet.

Den noch verbleibenden Weg (15 Meilen (ca. 24 km)) zwischen Mimoso und dem Hauptsitz fahren sie flüssig und sicher. Der Major und der Oberst von weißem Fluss bleiben für den größten Teil des Weges still. Als der Zug in Mimoso einfährt, verabschiedet sich der Major und steigt aus. Man sieht in seinem Gesicht wie froh er ist erfolgreich zurückgekehrt zu sein.

Arrangierte Hochzeit

Nachdem er die Beamten an der Station begrüßt hat, geht der Major zu seinem Haus. Er sieht Leute auf dem Weg, schenkt ihnen aber nicht viel Aufmerksamkeit, weil er darüber nachdenkt, wie er seinen Frauen am besten die Neuigkeiten klarmachen wird. Wie würde Christine reagieren? Was würde seine geliebte Frau sagen? Die Erste hinterging sein Vertrauen, indem sie sich mit einem einfachen Steuereintreiber traf. Die Zweite wünschte sich noch immer, dass ihre Tochter eine Nonne wird. Ihn interessierte das nicht. Er war der Mann im Haus und die zwei würden mit seinen Entscheidungen leben müssen. Was er entschied, war das Beste für die ganze Familie. Mit diesem Gedanken eilte der Major und kommt schon bald zu Hause an. Er öffnet die Tür und geht ins Wohnzimmer, wo aber niemand ist. Er ruft seine Tochter und seine Frau und sie antworten aus der Küche, schnell geht er dorthin.

—Ich bin aus Recife zurück. Wollt ihr mich nicht umarmen?

Christine und Helena befolgen warm die Bitte des Majors. Sie tauschen für eine Weile Zärtlichkeiten aus.

—Ich komme mit guten Neuigkeiten. Schaut, was für eine Ehre, ich hatte das Privileg mit dem Gouverneur in Person zu sprechen.

—Ich wusste schon immer, dass du ein toller Mann bist. Seitdem ich dich traf, warst du der Mann meines Lebens. Ein Mann mit Visionen und Erfolg. Du kauftest den Rang des Majors, wir zogen nach Recife und du hattest die gute Idee das Land westlich von Pesqueira zu ergattern. Seitdem hatten wir viele Erfolge. Ich bin stolz auf dich, Liebling. (Helen)

Der Major und seine Frau umarmen und küssen sich während

Christine begeistert von der Szene ist. Sie will auch so glücklich wie ihre Eltern werden.

—Was für Neuigkeiten hast du, Vater? Ich kann es nicht erwarten.

Der Major bittet sie mit einem ernsten und mysteriösen Gesichtsausdruck sich hinzusetzen.

—Also, es gibt zwei große Ankündigungen. Die Erste ist, dass der Gouverneur seine volle Unterstützung für meine Kandidatur als Bürgermeister von Pesqueira gibt. Das Zweite ist, dass ich eine Hochzeit für dich geplant habe, Christine. Dein Mann wird der Sohn des wichtigen Obersts von weißem Fluss sein. Er heißt Bernardo und er ist gleich alt wie du. Die Hochzeit wird in einem Monat sein.

Christine rinnt es kalt die Wirbelsäule entlang und ihr wird schwindelig. Hat sie richtig gehört? Das war wirklich schlimmer als jeder Alptraum.

—Was? Du hast eine Hochzeit für mich arrangiert? Das habe ich nicht erwartet. Vater, ich bin noch nicht bereit. Ich kenne diesen Typ nicht einmal, geschweige denn liebe ich ihn. Bitter vergib mir, aber ich werde ihn nicht heiraten.

—Ich bin auch dagegen. Ich träumte immer davon, dass sie eine Nonne wird. Ich habe noch immer Hoffnungen, dass sie zurück ins Kloster geht. Heiraten wird meine Tochter nicht glücklich machen.

—Es ist entschieden. Dachtest du ich werde es akzeptieren, dass du mit diesem Claudio herum flirtest? Nicht einmal in meinen wildesten Träumen würde er mein Schwiegersohn werden. Ich habe meine Tochter nicht großgezogen damit sie sich an jede dahergelaufene Person gibt. Was die Liebe betrifft, sorge dich nicht, sie kommt mit der Zeit.

Christine beginnt wegen der ganzen Situation zu weinen. Heißt das, dass er schon über sie und Claudio Bescheid wusste? Er hatte nichts gesagt.

—Vater, ich liebe Claudio von ganzem Herzen. Auch wenn ich nicht mit ihm Zusammensein werde, ich werde ihn nie vergessen. Diese Hochzeit, die du für mich planst, wird mir nicht mehr als Elend einbringen. Ich habe das Gefühl, dass das nicht gut enden wird.

—Ach was. Alles wird gut werden. Was Claudio angeht, er wird dich nicht mehr verletzten. Ich habe ihn ... Aus dem Verkehr gezogen.
—Was hast du mit ihm gemacht?
—Ich bat den Abgeordneten Pompeu ihn festzunehmen. Dort wird er den Tag, an dem er dich anfasste, bereuen.
—Du bist ein herzloses Monster. Ich hasse dich!

Christine verlässt die Küche und schließt sich in ihrem Zimmer ein. Sie würde für den restlichen Tag für ihre unmögliche Liebe weinen.

Besuch

Die Ankunft eines neuen Tages wirkt auf Christine nicht belebend. Sie wachte gerade auf, blieb aber bewegungslos im Bett. Der letzte Tag war verheerend in ihrem Leben. Mit der Nachricht der arrangierten Hochzeit wurden ihr Herz und ihre Hoffnungen, jemals Glücklich zu sein, zerbrochen. Sie konnte nur an Claudio und seine Leiden denken. Sie versucht aufzustehen doch ihr geschwächter Körper weigert sich dazu. Sie versucht es ein, zwei, dreimal, bis sie es schafft. Sie sieht in den Spiegel und sieht eine gefällte und geschlagene Christine. Was würde aus ihr werden? Könnte sie den Ekel, den sie für den Fremden, den sie heiraten wird, empfand, verstecken. Am Ende zerstörte er eine wunderschöne Liebesgeschichte. Sie dachte nach und änderte ihre Meinung. Sie zwei sind nicht schuld daran. Das veraltete System, das sagt, dass Eltern für ihre Kinder Hochzeiten abmachen sollen, ist daran schuld. Wo war die vergötterte Freiheit, die in der Französischen Revolution erreicht wurde? Sie existierte einfach nicht in Brasilien. Gleichheit und Brüderlichkeit waren entfernte Ziele die erreicht werden mussten. In einer Welt, in der Oberste und Autoritäre alle Regeln festsetzen, war kein Platz für Menschenrechte.

Christine geht vom Spiegel weg und entscheidet sich dazu ein Bad zu nehmen. Vielleicht könnte kaltes Wasser ihre Nerven und Stimmung heben. Mit dieser Hoffnung bewegt sie sich ins Bad. Ungefähr zwanzig Minuten später kommt sie wieder aus dem Bad und sieht schon ein bisschen besser aus. Wasser hatte wirklich die Macht, ihre Stärken wiederzuerwecken. Sie trocknet sich ab und legt eine schöne Kluft an. Kurz darauf geht sie in die Küche um zu frühstücken. Sie findet ihre Mutter auf, die von Gerusa bedient wird.

—Wo ist Vater?

—Er ging schon früher. Er wollte Vieh von der nahegelegenen Farm kaufen. Später hat er ein Geschäftstreffen in der Gemeinde der Bewohner.(Helen)

—Ist er immer noch auf die Idee, mich zu verheiraten, fixiert?

—Er war sehr klar gestern. Deine Hochzeit ist für nächsten Monat angesetzt. Wenn ich du wäre, würde ich lernen damit klarzukommen, weil er seine Meinung nicht ändern wird.

—Du, meine Mutter, könntest dich nicht für mich einsetzen? Diese Hochzeit wird nichts Gutes für unsere Familie bringen.

—Ich will mich nicht mit deinem Vater anlegen. Unsere Ehe hielt so lang, weil ich wusste wie man achtsam und gehorsam ist. Wenn du auf mich gehört hättest und im Kloster geblieben wärst hättest du diese Situation jetzt nicht. Du wärst genau in diesem Moment in voller Kommunion mit unserem Herrn Jesus Christus.

—Ich wollte nicht deinen Traum träumen, Mutter. Ich habe mein eigenes Leben. Es gibt viele Wege, um unserem Herrn Jesus Christus zu dienen.

—Dann frag mich nach nichts.

Christine war Still und beendet ihr Frühstück. Sie steht auf und lädt Gerusa ein sie auf ihrem Spaziergang zu begleiten, sie akzeptiert bereitwillig. Die beiden gehen, damit Helena nicht Verdacht schöpft. Als sie aus dem Haus sind, gibt Christine Anleitungen an das Hausmädchen weiter. Sie stimmt zu und sie laufen weiter auf ihrem Spaziergang. Die nähern sich der Polizeistation, wo Christine beabsichtigt, auch wenn es nur kurz ist, ihre große Liebe, Claudio, zu sehen. Sie war erschüttert über die Gräueltaten zu denken, die man ihm antut. Sie eilt ihre Schritte und freut sich ihn zu sehen. Sie hatte die Momente auf dem Berg oder in Sucavão vergessen, wo sie sich völlig an ihn abgab. Ihr Vater könnte sie an einen anderen Mann verheiraten, doch es würde die Gefühle, die sie für ihn in ihrem Herzen trug, nicht töten. Nicht Mal, wenn er es wollte, er würde es nicht schaffen.

Schon bald erreichen sie die Polizeistation. Christine befielt Gerusa draußen zu warten und sie geht in das Büro des Abgeordneten.

—Was für ein wunderschöner Morgen, Frau Christine, was brauchen Sie?

—Ich will mit dem Insassen, Claudio, sprechen.

—Es tut mir leid aber ich habe strenge Anordnungen, dass er von niemandem Besucht werden darf. Übrigens, seine Eltern waren hier und ich musste sie auch wegschicken. Niemand darf ihn besuchen.

—Sie wissen ganz genau, dass sein Arrest illegal ist. Wenn die Autoritäten der Gemeinde das Herausfinden haben Sie große Probleme.

—Um ehrlich zu sein, die einzige Autorität, die ich kenne ist ihr Vater, der Major. Der Mann ist schlimm, wenn Sie mir verzeihen, dass ich das gesagt habe.

—Sie verstehen mich nicht. Ich will ihn jetzt sehen, oder werden die Bitte der Tochter des Majors ablehnen?

Abgeordneter Pompeu dachte darüber für eine Weile nach und entschied sich es nicht zu riskieren. Er rief einen seiner Untergeordneten und befahl ihm Claudio allein mit Christine in einem reservierten Raum zu lassen. Die beiden umarmten und küssten sich lange.

—Wie geht es dir? Tun sie dir weh?

—Ich werde zusammengeschlagen. Weg von dir zu sein ist die größte Folter von allen. Die Behandlung und das Essen sind nicht gut, aber ich lebe noch. Du hattest recht, Christine; deine Eltern sind sehr voreingenommen.

Christine reicht Claudio ihre Hand und bemerkt, dass Narben seines Leidens sichtbar sind. Ein Schauer rennt durch ihren Körper und sie beginnt zu weinen.

—Wieso musste das alles passieren? Wieso können zwei Menschen nicht das recht haben sich frei zu lieben? Und die Bitte die wir den Berg fragten? Wird sie eines Tages erfüllt werden?

—Habe Vertrauen in Liebe und den Berg, Christine. Solange wir lebendig sind, ist Hoffnung da, egal wie klein. Wir gingen in die Höhle der Verzweiflung, auch wenn nur in unserer Vorstellung, und wir überkamen Hindernisse und Fallen. Die Höhle schafft es die tiefsten Begehren wahrzumachen.

—Ja, das stimmt. Oft, in meiner Vorstellung, bin ich in Paralleluniversen gegangen in denen nur wir beide leben. Ich sehe mich selbst mit dir verheiratet und mit deinen sieben wunderschönen Kindern.

—Genauso. Trotzdem, du hättest nicht so viel riskieren sollen und hierherkommen. Dieser Ort befleckt deine Schönheit. Mir wird es gut gehen, keine Sorge. Wenn du einen meiner Elternteile siehst, bitte sag ihnen, dass ich sie vermisse.

—Ich nahm die Chance wahr, weil ich dich liebe. Vergiss das nie. Ich werde an den heiligen Sebastian beten, den mutigen Soldat, und bitte ihn um deine Freiheit.

—Danke. Ich liebe dich auch.

Die beiden umarmen und küssen und verabschieden sich. Die Zeit war vorüber. Nach dem Verlassen des Raumes dankt Christine dem Abgeordneten und geht. Gerusa ist draußen, wartend. Christine gibt ihr noch mehr Anweisungen und sie gehen zurück nach Hause.

Die Tracht Prügel

Major Quintino ist in einem Betriebsstoff im Gebäude der Arbeitsgemeinschaft. Er gestikuliert, schlägt Vereinbarungen vor und hört Beschwerden von den Mitgliedern der Gemeinschaft an. Sein Rang als Major gibt ihm das Recht das letzte Wort zu haben. Mitten in der Zusammenkunft kreuzt der Abgeordnete Pompeu auf und bittet um fünf Minuten seiner Aufmerksamkeit. Er entschuldigt sich und verlässt die Gemeinschaft kurz um mit ihm zu sprechen.

—Was ist so wichtig, dass Sie mein Treffen stören müssen? Konnten Sie nicht später mit mir sprechen? (Major)

—Ich kam, um Sie zu informieren, dass Ihre Tochter bei der Polizeistation war und darauf bestand, den Häftling Claudio zu sprechen.

—Was? Sie haben es ihr nicht erlaubt, oder?

—Sie bestand sehr darauf, ich habe nachgegeben. Trotz allem ist sie Ihre Tochter.

—Sie sind wirklich inkompetent. Habe ich nicht den Befehl gegeben, dass ihn niemand besuchen darf? Der einzige Grund, aus dem sie nicht sofort von Ihrem Posten entfernt wurde, weil sie schon von großer Bedeutung für die Gemeinschaft waren. Von heute an darf er keine weiteren Besucher mehr bekommen, nicht einmal, wenn es der Papst persönlich ist. Meine Tochter hat mich schon wieder enttäuscht. Ich muss ernsthaft etwas unternehmen.

—Ich werde Ihrer Bitte nachkommen, Herr. Danke, dass Sie mich nicht gefeuert haben.

—Sie können wegtreten. Ich habe genug gehört.

Der Major verabschiedet sich vom Abgeordneten und geht zurück zum Gemeinschaftsgebäude um sie wissen zu lassen, dass er gehen wird. Ein paar Leute regen sich auf, doch es interessiert ihn nicht. Fassungslos kehrt er nach Hause zurück wo ihn Christine, unschuldig, erwartet. Böen von Gedanken füllen den verwirrten Verstand des Majors. Er denkt an den Verrat von Christine und sein Blut kocht noch mehr. Mit wem, dachte sie, würde sie sich anlegen? Mit einem netten und liebenden Vater? Sie wartete nicht einmal auf die Reaktion des Majors. Er erinnert sich an Christines Reaktion, nachdem er ihr von der Hochzeit erzählte und wie sie es missverstand. Der Eifer für seine Familie und der Zukunft seiner Tochter nahm den ersten Platz für ihn ein. Er würde über jedes Hindernis klettern, um seine Ziele zu erreichen. Auch wenn das bedeuten würde, dass er die Liebe und Zuneigung seiner einzigen Tochter verlieren würde. Sie würde ihm später, in der Zukunft, dafür danken. Einige Zeit später erreicht der Major sein Zuhause, öffnet die Türe und tritt ein. Die erste Person, die er sieht, ist seine Frau, Helena.

—Wo ist Christine?

—Sie ist in ihrem Zimmer, sie ruht sich aus.

—Ruf sie sofort. Ich will mit ihr sprechen.

Helena klopft an die Tür ihres Zimmers und ruft sie. Einige Momente später erscheint sie und steht dem Major gegenüber.

—Mit dir will ich sprechen. Was ist das, was ich darüber hörte, dass du mit Claudio geredet hast? Verstehst du nicht, dass ihr zwei keine Zukunft haben werdet?

—Mein Herz sagte mir, dass ich ihn treffen soll und mich informieren soll, wie es ihm geht. Du kannst mich zwar dazu zwingen einen anderen Mann zu heiraten aber nicht meine Gefühle für ihn ausradieren. Unsere Liebe ist unendlich.

—Du wirst dafür bezahlen, dass du dich gegen mich gestellt hast. Ich bin der Major, die höchste entscheidende Gewalt dieser Region, und nicht einmal meine eigene Tochter kann sich gegen meinen Willen stellen. Hör gut zu: Ab heute verbiete ich dir, ohne meine Erlaubnis hinauszugehen und ich werde etwas tun, was schon vor langer Zeit getan hätte werden sollen.

Der Major öffnet den Gürtel, der an seiner Hose ist und greift mit einer schnellen Bewegung seiner starken, maskulinen Arme Christine. Christine versucht zu entkommen, schafft es aber nicht. Erbarmungslos beginnt er sie ernsthaft zu schlagen. Christine schreit vor Schmerzen und ihre Mutter Helena versucht sie zu retten. Der Major bedroht sie und sie geht wieder. Er schlägt weiter zu und als er bemerkt, dass es genug ist, hört er auf. Christine fällt erschöpft und verwundet auf den Boden. Helena kommt zu ihrer Hilfe und der Major tritt zurück. Christine weint, aber nicht wegen der Schmerzen, sondern weil sie herausfand, dass ihr Vater ein herzloser Halunke ist. Sie bereut weder was sie tat, noch die Liebe, die sie für Claudio empfand. Sie war willig für etwas, das sie als Heilig ansah, zu leiden. Die Schläge und Drohungen des Majors hinderten sie nicht daran ihre wahre Liebe zu finden. Trotz allem, was für eine Bedeutung hätte das Leben, wenn sie die Hoffnung verlor, je glücklich zu sein? Für die Liebe würde sie, wenn nötig, ihr Leben riskieren.

Helena unterstützt Christine erst dabei eine Dusche zu nehmen und dann sich in ihrem Zimmer zu sammeln. Sie war nicht in der Lage irgendwen zu empfangen oder jeglichen Aktivitäten beizuwohnen.

Gerusas Cousine

Mimoso erhielt einen neuen Einwohner, der gerade an der Bahnstation ankam. Es war Clemilda, Gerusas Cousine. Eigentlich aus Bahia, war ihre Geburt von Mysterien umgeben. Sie wurde in genau demselben Moment geboren als ihre Mutter ein okkultes Tribut-Ritual durchführte. Seitdem sie auf die Welt kam, zeigte sie eine gewisse natürliche Fähigkeit, wenn es dazu kam, mit den Kräften umzugehen. Voller Angst vor ihren Gaben ließ ihre Mutter sie kurz darauf vor der Tür einer wohltätigen Einrichtung. Sie wurde von Mitarbeitern gerettet und wie ihre Tochter großgezogen. Seit ihrer Adoption begannen mystische Vorkommnisse in derselben Einrichtung vorzukommen. Gläser und Spiegel zerbrachen regelmäßig, Feuer brachen ohne sichtbare Gründe aus und das Geräusch von Klauen konnte auf dem Dach und den Fenstern gehört werden. In einem dieser Feuer war sie das einzige Kind, das entkommen konnte. Die Einrichtung wurde geschlossen und sie wurde wieder eine Waise. Sie wurde anschließend von einem Obdachlosen aufgezogen und begann, Bagatelldelikte um zu überleben durchzuführen. Ihre Gaben wurden entdeckt und ihr Gönner nutzte sie für seinen Vorteil um ein Vermögen anzuhäufen. Sie wuchs mit Betrügen, Stehlen und Manipulation von Lotterieergebnissen auf. Kurz darauf starb ihr Geldgeber und sie war von seinem Einfluss befreit. Sie war allein in Salvador. Dann entschied sie sich einen Brief an ihre Cousine, Gerusa, (die sie regelmäßig besuchte und die einzige ihrer Familie ist, die sie je getroffen hatte) zu schreiben und ihre Situation zu erklären. Sie lud sie ein, in Mimoso zu leben, wo sie als Hausmädchen in einem wohl ständigen Haus arbeitete. Clemilda akzeptierte bereitwillig.

 Jetzt war sie dort, an der Station, völlig von ihrer Entscheidung überzeugt und ermutigt. Sie würde ihren Plan umsetzten, wenn sie totale Kontrolle über die okkulten Kräfte haben würde. Mimoso würde ein idealer Ort für ihr Königreich der Ungerechtigkeit sein. Nachdem sie Mimoso eingenommen war, beabsichtigte sie die Welt an sich zu reißen. Doch damit das passieren würde, müsste sie die „Gegenkräfte" in Ungleichgewicht bringen müssen und sie für ihren Vorteil nutzten. Die Schritte, um das zu erreichen, bestanden daraus, Flüche anzuwenden, eine wahre Liebe zu verdrehen und eine Tragödie auszulösen. Mit allem komplettiert könnte sie die wahre Religion unterdrücken und alles kontrollieren.

Sie überprüft die Adresse, die in ihrem Brief steht und fragt eine Person in der Nähe, wie sie dorthin kommt. Sie wird von der Person angeleitet und beginnt zu laufen. Ihre Gedanken sind voll von negativer Energie und sie denkt nur an das Zerstören, Niedermachen und Irreführen. In ihrem Koffer hat sie in Orakel, welches zwischen ihr und dem Gott der Dunkelheit vermittelt. Sie erinnert sich an ihren ersten Kontakt mit der Unterwelt und wie froh und mächtig sie sich fühlte, weil sie so eine Meisterleistung erbrachte. Danach hatte sie zahlreichen Kontakt. Die letzte Nachricht, die sie erhielt, klärte sie über bestimmte Fakten, die ihr noch unbekannt waren, auf. Jetzt war sie bereit zu handeln und ihr Königreich der Ungerechtigkeit aufzubauen.

Sie geht weiter und sieht bald einen schönen Bungalow. Sie fühlt ein Gemisch aus Qual und leiden im Inneren des Hauses. Sie lacht, weil sie Freude an der Situation hat. Sie läuft ein bisschen schneller und kommt bald zum Haus. Sie klatscht und schreit um gehört zu werden. Einige Momente später kommt Gerusa, um die Tür zu öffnen.

—Meine Cousine, Clemilda. Wie gut es ist dich hier zu sehen.

—Ich kam vor einer Weile an. Hast du einen Platz für mich?

—Noch nicht. Der Major ist Zuhause und du kannst mit ihm persönlich sprechen. Bitte, komm rein.

Clemilda nahm die Einladung sofort an. Sie betrit das Haus (begleitet von Gerusa) und geht, um mit dem Major zu sprechen. Sie findet ihn im Wohnzimmer.

—Herr Major, das ist meine Cousine, Clemilda, aus Bahia. Sie kam, um mit Ihrer Gnade zu sprechen.

—Schön dich zu treffen. Ich heiße Quintino und wie du wahrscheinlich schon weißt, bin ich die größte politische Autorität der Region. Was willst du?

—Meine Cousine Gerusa hat mich eingeladen hierherzukommen und hier in Mimoso zu leben, weil ich allein in Salvador war. Ich wunderte mich, Herr, ob Sie mir einen Beruf beschaffen könnten, sowie einen Ort um zu schlafen.

—Also, eines meiner Häuser ist leer stehend und sehend, wie du Gerusas Cousine bist und sie schon so lange hier mit uns ist, kann ich dir alles geben. Was den Beruf betrifft, mir kommt nichts ins Gedächtnis, aber wenn ich eine gute Möglichkeit erblicke werde ich es dir mitteilen. War das alles? Gerusa wird die Schlüssel zum Haus geben. Tatsächlich ist es ein riesiges Schloss. Ich denke, dass es dir gefallen wird.
—Das ist alles. Danke.

Froh darüber, eine Unterkunft bekommen zu haben geht die Hexe zu ihrem neuen Zuhause. Der nächste Tag würde der erste Tag ihres grausamen Planes sein.

Der „Segen"

Am Tag nach Clemildas Ankunft genießen die Anwohner des schönen Bungalows ihr Frühstück. Christine vermeidet es mit ihrem Vater zu sprechen, weil sie noch immer verärgert wegen der Schläge, die sie erhielt, ist. Helena und der Major sprechen unbehindert.

—Du meinst, dass der Junge nicht hierherkommen will, um unsere Tochter zu treffen? Das finde ich absurd. (Helena)

—Sein Vater bevorzugt es so. Es ist, um eine bestimmte Luft des geheimnisvollen aufrechtzuerhalten. Es ist eine Schande, dass unsere Tochter sich nicht an der Idee, verheiratet zu werden, erfreut. Ich würde alles dafür geben sie davon zu überzeugen, dass es das Beste ist. (Major)

—Vergiss es. Frag nicht nach dem Unmöglichen.

Gerusa überhört es und entscheidet sich, einzugreifen.

—Ich kenne jemanden, der helfen könnte. Meine Cousine Clemilda hat Erfahrung mit Beziehungen.

—Ich denke, es ist eine gute Idee. Gerusa, begleite meine Tochter zum Zuhause von Frau Clemilda. Wenn du Erfolg hast, werde ich dich belohnen. (Major)

—Ich werde nicht gehen. (Christine)

—Du musst es nicht wollen. Bring mich nicht dazu dich wieder zu schlagen. (Major)

Ein Schaudern läuft durch Christines Körper als sie sich an die

Bestrafung erinnert. Sie war nicht bereit dieses Gefühl noch einmal zu fühlen. Sie stimmt zu, auch wenn es nicht ihr Wille ist. Sie erhebt sich vom Tisch und begleitet Gerusa. Die beiden verlassen das Haus und können Clemildas Unterkunft schon sehen, die nur auf der anderen Seite der Straße liegt. Christine fühlt ein Frösteln als eine Warnung, dass sie nicht gehen sollte. Trotzdem, die Angst vor ihrem Vater war größer und sie entschied sich zu schweigen. Die Paar-Meter, die zur Residenz führen, sind geschafft. Gerusa klopft an die Tür, um bemerkt zu werden. Nach ein Paar kurzen Momenten erscheint Clemilda.

—Ich habe auf euch gewartet. Kommt rein. Du bist Christine, oder?

—Woher kennen Sie mich, Frau?

—Jeder spricht von dir. Sie reden über deine Schönheit und deine guten Gepflogenheiten. Ich nahm es nur an als du ankamst. Also, komm rein.

Gerusa und Christine treten ein und die Umgebung war voller negativer Stimmungen. Die Objekte, die früher die Horrorszenerie ausmachten, wurden schon von Clemilda entfernt.

—Ich brachte Christine mit mir damit du ihr empfehlen kannst, dass sie die Ehe, die der Major für sie ausmachte, akzeptieren soll. Sie steht der Idee resistent gegenüber.

—Okay, ich schätze, dass ich mit ihr sprechen kann. Gerusa, kannst du uns für einen Moment allein lassen? Übrigens, da ist ein Haufen von Dingen in der Küche, die gewaschen werden sollten.

—Sie ändern sich nie Versuchen Sie immer, mich auszunutzen.

Gerusa befolgt ihr und geht in die Küche. Clemilda nähert sich Christine und beginnt sie zu umkreisen.

—Ich sehe einen Mann auf deinem Weg. Sein Name ist Claudio, oder? Er ist ein junger Mann, muskulös und hübsch. Du hast ihn bei der Arbeit getroffen und der Samen der Liebe wurde in dein Herz gepflanzt. Trotzdem denk mit mir, wieso sollte er nicht an dir interessiert sein? Du bist jung, schön, intelligent, und vor allem die Tochter des mächtigen Majors. Könnte es sein, dass die Liebe, die du empfindest, nicht erwidert wird? Ich garantiere dir, dass er seine Gründe haben würde: Stolz, Ehrgeiz und Macht. Das ist, wonach die Leute suchen. Die Liebe, die du in deinem Herzen gezeichnet hast, ist nur eine Illusion.

—Du wirst mich nicht so leicht überzeugen. Ich kenne Claudio und was wir fühlen ist echt. Ich muss seine Gedanken nicht lesen können, um mir über seine Gefühle sicher zu sein. Illusion ist diese Hochzeit, in die sie mich hereinzogen.

—Hast du daran gedacht, dass das lediglich sein Plan ist? Denkst du nicht, dass es komisch war, wie schnell ihr Freunde wurdet? Personen sind wirklich vorhersehbar. Was sie wollen, ist am Ende an der Spitze zu sein, ohne Rücksicht auf die Gefühle anderer.

— Dein giftiger Mund wird mich nicht verwirren. Ich hätte nicht hierherkommen sollen, weil ich mich nicht gut fühle.

—Warte, meine Liebe. Lass mich dich segnen damit du in deiner Ehe glücklich bist.

Bevor Christine antworten konnte, hatte Clemilda schon ihre Hand auf ihrem Kopf. Sie sprach unverständliche Wörter und Christine wurde schwindelig. Ein Wirbelwind bestehend aus Energie sprang aus ihren Händen in Christines Kopf. Die Operation dauerte ein wenig über dreißig Sekunden. Später nahm Christine ihre Hände ab und rief nach Gerusa. Sie antwortete; die beiden verließen die Residenz und gingen zurück nach Hause. Der Segen verwandelte Christine in einen Mutanten.

Erscheinung

Nach dem faszinierendem Treffen mit Clemilda der Hexe fühlte sich Christine anders als davor. Die gewöhnlichen Aktivitäten, die ihr Spaß machten wie Stricken, Lesen oder zur Arbeit zu geben waren jetzt mühsam. Was gleich blieb und das einzige, was sie erfreute, waren die Gefühle, die sie für Claudio empfand. Dazu kam, dass seltsame Erscheinungen um sie geschahen. Den Stricken, das sie als Kind erlernte, stellte nichts mehr dar. Die Linien scheinen keinen Sinn mehr zu machen. Während sie ein Buch las, wurde die Seite, auf der sie war von einem Feuerstrahl getroffen und verbrannte. Sie merkte in diesem Moment wie ihre Augen brannten. Wenn sie an metallischen Objekten vorbeiläuft, zieht sie sie an. Jede Entdeckung machte sie noch besorgter und sie wunderte sich, was das alles zu bedeuten hat. War es ein Fluch? Was wurde aus ihr? Niemand kann es wissen, weil sonst das Risiko besteht, dass sie hospitalisiert wird und Doktoren aus aller Welt an ihr Experimente durchführen.

Um sie davon abzuhalten, es herauszufinden hörte sie auf mit ihren Freunden auszugehen und nahm nur an sozialen Aktivitäten teil, die streng nötig waren, Arbeiten zum Beispiel. Zu jeder Zeit versuchte sie sich in Kontrolle zu halten, weil die Erscheinungen nur in den Momenten stattfanden, in denen sie emotional unstabil war. Um den Fluch loszuwerden wandte sie sich an verschiedene Methoden, von denen sich aber keine als nützlich erwiesen. Bitter und verärgert isolierte sich Christine zunehmend mehr in ihre eigene Welt.

Ein neuer Freund

Die Arbeitsroutine alle fünfzehn Tage war, praktisch die einzige soziale Tätigkeit an der Christine teilnahm. Durch sie traf sie zahlreiche Personen und machte sich Freunde. Unter ihnen war ein junges Mädchen, mehr oder weniger gleich alt wie Christine, namens Rosa. Die Seelenverwandtschaft war beiderseitig und jedes Mal, wenn sie sich trafen verbrachten sie viel Zeit mitreden. Zu einem dieser Anlässe lud Christine sie dazu ein, zu ihr nach Hause zu kommen und sie war bereit mit ihr zu gehen. An dem Tag und zu der Uhrzeit, auf die sie sich geeinigt haben, kam Rosa durch den Garten zu ihr, klatschend um sich selbst anzukündigen. Gerusa, das Hausmädchen öffnete die Türe.

—Wie kann ich dir helfen?
—Ich bin hier, um mit Christine zu sprechen.
—Einen Moment, ich hole sie.

Einige Zeit später zeigt sich Christine und lädt sie ein, mit ihr auf die Veranda des Hauses zu gehen, weil das der kühlste Platz ist.

—Okay Christine, ich will dich besser kennenlernen. Du hast mir mal erzählt, dass du dabei warst, eine Nonne zu werden. Wie war das Leben im Kloster?

—Ich verbrachte dort drei wertvolle Jahre. Also, die Nonnen waren nett zu mir, obwohl sie ziemlich streng waren. Die Zeit, die dem Beten gewidmet war, war umfangreich und auch die, die mich manchmal langweilte. Ich war der Meinung, dass wenn ein Mensch in Kontakt mit Gott treten will, es nicht unbedingt nötig ist so selbstlos und hingebungsvoll zu sein, weil Gott allwissend ist und alles versteht, was wir uns wünschen. Mit der Zeit bemerkten sie, dass ich keine Berufung hatte und sie schmissen mich hinaus.

—Du hast also das Kloster verlassen, um zurück in die Welt zu kommen. Bedauerst du diese Entscheidung nicht?

—Es kommt alles darauf an wie du darauf schaust. Eigentlich nicht. Trotzdem, jetzt, wo mein Vater mich dazu zwingt zu heiraten, denke ich, dass es besser wäre, wenn ich jetzt dort wäre. Obwohl, ich mich dann nur von einer unfairen Welt verstecken, würde in der Eltern über die Zukunft ihrer Kinder entscheiden.

—Hattest du je einen Schwarm oder warst verliebt?

—Als ich im Kloster war, traf ich den Sohn des Gärtners der mich faszinierte. Ich dachte im ersten Moment, dass ich mich verliebt hätte, aber bald schon, nachdem er mich zurückgelassen hat, bemerkte ich, dass es nur Leidenschaft war. Wahre Liebe fand ich endlich als ich Claudio, meinen Mitarbeiter, traf. Trotzdem, der Widerstand meiner Eltern machte unsere Beziehung unmöglich. Meine einzige Hoffnung ist die Bitte, die ich auf dem Berg machte, von dem jeder behauptet, dass er heilig ist. Erzähl mir etwas über dich. Hast du je jemanden geliebt?

—Wie ich schon sagte, ich habe einen Freund namens Felipe, der Sohn des Besitzers des Lagerhauses. Wir lieben uns und vielleicht heiraten wir eines Tages. Unsere Eltern haben uns völlig unterstützt.

—Ich beneide dich. Du kannst dir nicht vorstellen wie das missverstehen meiner Eltern mich verletzt. Ich wünschte dass ich nur ein normales Mädchen wäre und nicht die Tochter eines allmächtigen Majors.

Tränen fließen Christines Gesicht runter und ihre Freundin versucht sie zu trösten. Die Last die sie auf ihrem Rücken trug war zu schwer für ihre Unreife. Sie wollte Glücklich sein und sah die Möglichkeit durch ihre Finger rutschen. Nur noch zwei Tage verblieben bis sie sich einer Hochzeit ohne Zukunft und einem Mann, von dem sie nur den Namen kannte, hingeben wird. Sehend, dass ihre Freundin kein Verlangen mehr danach hatte zu sprechen verabschiedete sich Rosa und versprach, zu einer anderen Zeit wieder zurückzukommen. Ihre Freundschaft war wichtig für Christine weil sie sich durch sie nicht mehr so isoliert und komplett zurückgelassen fühlte.

Der Tag vor der Hochzeit

Die Nähe der Hochzeit machte Christine zunehmend aufgeregter. Sie sprach mit dem Priester, mit einer Freundin und unternahm einen letzten Versuch, ihre Eltern von der Idee, die Hochzeit abzublasen, zu überzeugen. Bis jetzt hatte sie noch keine Ergebnisse. Der Priester schlug vor aufzugeben und die Situation zu akzeptieren. Wie könnte sie das tun? Es war ihr Leben und ihr Glück das auf dem Spiel stünde. Sie lernte, im Kloster, dass alle Menschlichen Wesen frei sind ihre eigenen Entscheidungen zu treffen und ihre eigenen Schicksale zu leiten. Ihre Rechte wurden unterdrückt von der Gesellschaft, in der Kinder von ihren Eltern verheiratet werden. Mit ihrer Freundin dachte sie über ihre und Claudios Zukunft nach. Keine von ihnen fand eine echte und greifbare Alternative die dazu führen könnte, dass die beiden zusammen bleiben außer der Hoffnung auf den heiligen Berg und die Bitte, die Christine machte. Es war das letzte das für sie noch übrig war; auf ein Wunder oder das Unwahrscheinliche zu warten.

Christine geht auf die Terrasse und beginnt den Himmel zu beobachten. Sie erinnert sich an die Momente, die sie auf dem Berg verbrachte und die Sterne, die sie mit Claudio observierte. Sie waren Zeugen von dem Gefühl das die zwei vereinte und auch wenn der Major und seine gesellschaftlichen Konventionen es nicht erlauben, die beiden würden sich weiter gegenseitig lieben. Den Himmel betrachtend hofft sie, dass die nächste Welt ein gerechterer und besserer Ort wäre und dass die, die wahre Liebe kennen Zufriedenheit erreichen können. Sie erinnert sich an Gott und wie sie lernte, wie grandios er ist. Sie bittet Gott auch die Wünsche der einfachsten Träumer zu erfüllen, auch ohne die Höhle zu betreten oder ähnliches. Sie bittet ihn auch um Stärke, um ihr Martyrium bis zum Ende zu ertragen. Sie fühlt sich wie ein Mutant und war von der Liebe enttäuscht. Sie weinte die letzten Tränen, die noch übrig waren und geht nachhause.

Tragödie

Es war endlich Tageslicht und das bedeutet, dass der schlimme Tag ankam. Christine wacht auf, versucht aber weiter zu schlafen um nicht der Realität gegenüberzustehen. Wer weiß, sie könnten sie vergessen und vielleicht war alles, was sie in den letzten Tagen erlitt, nur ein einfacher Alptraum? Sie wollte ihre Augen öffnen und Claudio finden, ihre wahre Liebe. Sie wollte ihn heiraten, keinen fremden, den Sohn des Obersts von Weisser Fluss. Für einen Moment fühlt sie sich als ob sie in Sucavão ist und ruft jedes Detail auf was dort passierte. Sie scheint dort zu sein und die Macht des Wassers zu fühlen, die männliche Umarmung von Claudio und seinen Geruch riechend. Sie taucht tief in diesen Gedanken, bis eine Stimme sie stört und sie zurück in die Realität bringt. Es war ihre Mutter.

—Christine, meine Tochter, wach auf, die Hochzeitsgäste kommen schon an. Hast du vergessen, dass sie um acht Uhr morgens abgehalten wird?

—Oh Mutter, hab Geduld. Ich habe die ganze Nacht fast nicht geschlafen weil ich über die Hochzeit nachdachte.

Christine erhebt sich ziemlich mürrisch und geht in das Badezimmer wo sie ein Bad nimmt. Ihre Mutter wartet in ihrem Zimmer. Ungefähr 20 Minuten später kommt sie zurück und findet ihr wunderschönes Kleid auf dem Bett ausgebreitet. Sie schaut es an und denkt, dass es schön ist, obwohl auch ein wenig melancholisch. Ihre Mutter hilft ihr beim Anziehen und beim Makeup. Als alles fertig ist nähert sie sich dem Spiegel und sieht wie sie ausschaut. Sie sieht eine herzgebrochene Version von ihr selbst, obwohl sie wunderschön herausgeputzt ist. Sie denkt über die Idee nach was passieren wird und über ihre Zukunft an der Seite eines unbekannten Mannes. Plötzlich bekommt der Spiegel Risse und zerbricht mit einem großen Knall. Christine schreit und ihre Mutter eilt zu ihr um sie zu retten. Zum Glück hat sie sich nicht verletzt. Sie fühlt ein Schmerzen in ihrer Brust und wundert sich was passieren wird. Sie erinnert sich an ihren wiedererscheinenden Traum. Ihre Mutter beruhigt sie und sagt, dass es nichts ist. Die beiden gehen in das Wohnzimmer um die Familien des Bräutigams zu treffen und ein Paar Gäste kennenzulernen. Der Major nimmt Christines Hand und beginnt sie vorzustellen.

—Herr Henrique, das ist meine Tochter, Christine. Ist nicht hübsch?

—Ja, sie ist sehr hübsch. Mein Sohn ist ein glücklicher Mann. Heute wird die Vereinigung unserer Familien komplettiert und das macht mich sehr glücklich.

Christine zwingt sich zu lächeln um nicht unerfreulich zu wirken. Die Mutter des Bräutigams versucht ebenfalls nett zu sein.

—Nachdem du verheiratet bist und Hilfe braucht zögere nicht mich zu fragen. Die Frauen in unserer Familie stehen sich sehr nahe.

Karina, die Schwester des zukünftigen Ehemanns, schreitet auch noch vor und lobt Christines Haar. Der Major und Helena heißen ihre noch immer eintrudelnden Gäste willkommen. Als die Uhr exakt acht schlägt geht jeder raus auf die Terrasse wo die Hochzeit stattfinden wird. Christine wird vom Major zum provisorischen Altar eingelaufen. Auf ihrem Weg zum Altar hat sie die Möglichkeit, Gesichter mit ängstlicher Mimik zu überblicken. Sie sieht die Obermutter und die Nonnen, mit denen sie im Kloster lebte. Sie sieht auch ihre ersten Professoren und ihre Cousinen, die aus Recife kamen. Alles in allem fühlt sie die Erwartung und Spannung des Momentes. Ein bisschen weiter laufend kann sie schon den Bräutigam und Vater Chiavaretto sehen. Plötzlich nimmt sie eine Wut über und lässt sie beide hassen. Wieso hatte der Mann namens Bernardo zugestimmt sie zu heiraten? Er war ein Mann und hatte mehr Freiheit in seine Entscheidungen. Sie würde sich selbst zu einer Hochzeit übergeben, die keine Zukunft hatte und sie für den Rest ihres Lebens unglücklich machen würde. Was ist mit ihrem Vater? Wie wurde er eingesperrt um an dieser Farce teilzunehmen? Die Kirche hätte auf ihrer Seite und ihr Komplize sein sollen und nicht einfach die Situation akzeptieren sollen.

Sie kommt dem Bräutigam näher und ihre Wut mindert sich nicht. Nachdem sie ihn sieht kommt ein Lichtstrahl direkt aus ihren Augen und trifft ihn genau in die Brust. Er fällt hin, tot. Die Aufregung der Zuschauer wühlt sich auf und Christine fällt zu seinen Füßen.

—Sie ist ein Monster! (Schreit jemand)

Der Major handelt schnell und schickt seine Handlanger um Christine zu helfen und sie vor dem wütenden Publikum zu beschützten. Währenddessen bekreuzigen sich die Nonnen selbst, nicht glaubend was sie gerade gesehen haben. Die Familie des Bräutigams versucht den Abgeordneten unter Druck zu setzen und zu handeln, doch der Major weist seine Handlungen zurück. Am Ende ist Christine gerettet und der Major schickt seine Gäste weg. Die Feier und alle Feierlichkeiten sind abgesagt. Die arrangierte Hochzeit endete in einer Tragödie.

Die schwarze Wolke

Mit der Tragödie komplettiert, begann Clemilda einen Zauber zu wirken welcher die gesamte Region von Mimoso erreichen würde. Sie hatte die Autorität das zu tun weil sie die drei Schritte befolgte: Sie wandte sich einen Fluch an, hatte verzerrte, wahre Liebe und löste eine Tragödie aus. Jetzt war das Ministerium des Unheiligen bereit zu handeln, dem Christentum die Luft abzuschnüren. Sie nähert sich dem Kessel und gibt die letzte Zutat für ihren Fluch hinein. Die unverständlichen Worte aussprechend tanzt sie um ihn. Plötzlich bleibt sie stehen und sagt mit einer tiefen, starken Stimme: -Dunkle Wolke, erscheine!

Sofort bedeckt eine große, schwarze und dicke Wolke den Himmel von Mimoso. Die Sonne ist auch bedeckt und damit vermindert sich das natürliche Licht des Himmels zunehmend. Der Fluch war dazu programmiert um nach zwölf Uhr mittags in Kraft zu treten. Damit würde die Hexe ihre Macht verdoppeln und könnte freier handeln.

Der Märtyrer

Kurz nach der Entwicklung der schwarzen Wolke begann die Hexe zu handeln. Sie stellte zwei Heiden an, Totonho und Cleide, um ihr bei ihren okkulten Arbeiten zu helfen. Dazu leitete sie die beiden an, die Repräsentanten des Christentums im Ort loszuwerden. Die ersten Opfer waren Vater Chiavaretto und der Mönch Nunes, der Mimoso besuchte. Dazu wurden einige Gläubige enthauptet und andere auf Stapel Holz gesetzt, um in einem Feuer verbrannt zu werden. Nach den Morden begannen sie die kleine Kapelle zu zerstören, die zu Ehren des heiligen Sebastian errichtet wurde. Dort war nahezu nichts mehr übrig, außer das Kreuz, das, trotz den Versuchen es zu zerstören, unversehrt und aufrecht stand. Es war das Symbol, dass das Christentum noch lebt und reagieren kann.

Mit der Domination komplettiert wurde der Kreis der „Gegenkräfte" aufgelöst und es brachte ein Ungleichgewicht hervor. Wenn die Situation für eine lange Zeit so bleibe, würde Mimoso riskieren, zu verschwinden. Das ist so, weil die Kräfte des Guten vor dieser Kirchenschändung nicht gefangen bleiben würden. Am Ende würde es in einem unvorhersehbaren Krieg enden der beide Welten zerstören könnte.

Ende der Vision

Die Sequenz von Bildern der Vision, die meinen Verstand füllte, stoppte plötzlich. Die Besinnung kommt allmählich zurück und ich finde mich selbst, wie ich eine Seite einer Zeitung in den Händen halte, dessen Überschrift sagt: Christine, das junge Monster. Ich beobachte es und denke, dass die Überschrift bedauerlich inadäquat ist, da die ganze Tragödie, die passierte, in keiner Weise ihre Schuld war. Sie war nur ein weiteres Opfer der grausamen und mächtigen Zauberin Clemilda. Plötzlich beginne ich zu verstehen, wie meine Zeitreise und mein Sieg über die Höhle zu Stande kamen. Ich war Teil der Geschichte des Schicksals, um den Segen über Mimoso von den Armen der Tragödie wieder zurückzuholen. Meine Mission bestand daraus, die „Gegenkräfte" wiederzuvereinigen und dem Besitzer des Schreies, den ich in der Höhle hörte, zu helfen. Ich war mir sicher, dass der Eigentümer der Stimme die wunderschöne Frau Christine war. Eine mutierte, völlig bittere Christine erwartete mich. Ich musste sie davon überzeugen zu reagieren und sie meine Verbündete im Kampf gegen die Mächte des Bösen machen. Am Ende müsste ich mich an die Lehren der Beschützerin und der gefürchteten Höhle der Verzweiflung erinnern, die Höhle, die mich meine Träume sehen lies und mich zum Seher machte. Ich hatte jetzt eine neue Aufgabe und war bereit sie zu treffen.

Mit der Zeitung in den Händen las ich die ganze Geschichte über Christine. Sie behaupteten, dass sie ein Monster seit ihrer Kindheit war und dass es seit der Tragödie erst erkannt wurde. Ein Mix aus Empörung und Wut füllte mein ganzes Wesen. Wie hatten diese Journalisten den Mut, so etwas zu veröffentlichen? Sie nutzten den Vorteil dieser Tragödie aus um Lügen zu erzählen. Christine war nie, weder könnte je ein Monster sein. Sie wurde nur von einer bösen und verdorbenen Hexe verflucht. Es liegt an den guten Menschen um ihr zu helfen und sie zu heilen. Ich lese weiter die Zeitung und sie behaupten, dass Christine eine junge Rebellin war, die das Kloster wegen schlechtem Benehmen verließ. Ich bin wieder empört. Ich fühle mich danach die ganze Zeitung zu zerreißen. Verdammte Journalisten, sie verzerren alles um Geld zu machen. Christine war ein junges, gehorsames Mädchen, das den Vorschlag ihrer Mutter erhörte, sich in ein Kloster zu stecken. Als die Schwestern bemerkten, dass sie keine Vokation hatte, schmissen sie sie raus. Ich höre auf die Zeitung zu lesen, weil es nicht wahr ist. Die Vision war genug für mich um zu wissen, wo ich stehe. Ich nehme die Zeitung und lege sie zurück in die Kommodenschublade neben dem Tisch, wo ich sie herhatte. Ich stehe auf und zeichne in meinem Kopf einen Handlungsplan. Ich müsste irgendwie die „Gegenkräfte" wiedervereinigen und Christine helfen, wahres Glück zu finden. Ich nähere mich der Tür und bin dabei, sie zu öffnen.

Zeugenaussage

Als sie sich öffnet überrascht es mich eine Ansammlung von

Personen im kleinen Foyer des Hotels zu sehen. Was war die Bedeutung davon? Ich komme ihnen näher damit ich sie fragen kann.

—Was ist hier los?

Pompeu, der Abgeordnete, spricht.

—Wir sind hier, weil ernste Behauptungen gegen dich gemacht wurden. Du musst mit uns gehen, Junge.

Der Abgeordnete signalisiert seinen Untergebenen und sie bringen Handschellen. Sie legen sie um mein Handgelenk und ich fühle mich ungerecht behandelt, wie ein Sklave in den alten Zeiten. Carmen versucht einzugreifen doch der Abgeordnete hört nicht auf sie.

—Ist das wirklich nötig? Ich habe ein reines Gewissen.

—Das sehen wir bei der Station, mein Sohn. (Major)

Seine Befehle befolgend beginne ich zu laufen und die Menge geht auch los. Nachdem ich das Hotel verließ bemerke ich, dass noch viel mehr Leute präsent sind und daran interessiert sind was vor sich geht. Was wollten sie mit mir machen? Habe ich ein Verbrechen begangen? Seitdem ich in Mimoso ankam versuchte ich hart keine Aufmerksamkeit auf mich zu ziehen. Trotzdem, jetzt war ich in Handschellen und wurde zur Polizeistation gebracht. Ich beginne mich darum zu Sorgen was genau ich ihnen erzählen werde. Ich könnte nicht die ganze Wahrheit sagen und die Mission gefährden. Ich würde mich gegen die Vorwürfe mit gesundem Menschenverstand und Intelligenz verteidigen müssen. Ich denke an Claudio und die Art und Weise wie er ins Gefängnis geworfen wurde. Ich würde einen Weg finden müssen um dasselbe Schicksal zu verhindern.

Circa zehn Minuten nachdem wir das Hotel verließen erreichen wir die Polizeistation. Major Quintino und Abgeordneter Pompeu kommen mit mir rein. Die anderen sind draußen und warten auf eine Entscheidung. Nach dem Betreten des Büros des Abgeordneten entfernen sie meine Handschellen und ich bin erleichtert.

—Also, setzen Sie sich, Herr Seher. Ich bin nun derjenige, der die Fragen stellen wird. Erstens, was ist ihr echter Name und woher kommen Sie? (Abgeordneter)

—Mein Name ist Aldivan und ich bin aus Recife.

—Was machen Sie hier, wenn Sie aus Recife stammen? Was ist ihr Beruf?

—Ich bin ein Reporter für die Hauptstädtischen Nachrichten und ich kam hierher um nach einer guten Geschichte Ausschau zu halten. Ich versichere Ihnen, dass meine Absichten die Bestmöglichen sind. Ich bin kein Verbrecher und ich will niemandem wehtun.

—Was haben Sie über die unermüdlichen Befragungen, die sie mit den Leuten dieses Ortes gemacht haben, zu sagen? Was genau wollen Sie damit erreichen?

—Es ist Teil meines Berufes, eine Strategie um Informationen zu sammeln. Aber wenn das unbehaglich für irgendwen wurde werde ich damit aufhören.

—Wie Sie wahrscheinlich schon wissen, Königin Clemilda machte eine Anordnung gegen Ihre Person. Was sagen Sie dazu? Sind Sie zufällig ihr Feind?

—Ich denke es wäre besser wenn ich diese Frage nicht beantworte.

—Gut, ich habe keine weiteren Fragen. Major, haben Sie irgendwelche Fragen die sie den Jungen fragen wollen?

—Ja, ich will wissen ob er für die Gegner der Regierung arbeitet.

—Nein, sicherlich nicht. Ich versuche mich nicht in politische Fragen einzumischen, obwohl ich denke, dass das momentane System ziemlich ungerecht ist.

—Also, Herr Aldivan, ich denke ich werde Sie für einige Tage im Gefängnis lassen um zu kontrollieren ob alles, was hier gesagt wurde, stimmt.

—Ich werde nicht hier bleiben. Das ist ungerecht. Wenn Sie diese skurrile Entscheidung treffen werde ich Sie beim Gouverneur beschuldigen, der ein guter Freund von mir ist.

Der Major und der Abgeordneter sind erstaunt von meiner Reaktion und der Neuigkeit, die ich preisgab. Sie versammeln sich, um in Stille zu kommunizieren und beschließen es nicht zu riskieren. Am Ende werde ich trotz Protesten mancher Leute außerhalb der Polizeistation freigelassen. Mein Plan hat funktioniert.

Zurück zum Hotel

Als ich die Station verlasse, wundere ich mich, wieso die Einwohner von Mimoso so passiv reagierten. Sie lebten unter der Tyrannei einer grausamen Hexe und dem Major. Ich denke, dass es vielleicht Angst ist, die jeden Zusammenhang von ihnen stoppt. Plötzlich erinnere ich mich an die drei Türen, zwischen denen ich mich entscheiden musste, um in der Höhle weiterzukommen. Sie stellten Angst, Misserfolg und Freude dar. Dort lernte ich meine Ängste zu kontrollieren und mich ihnen gegenüberzustellen, trotz all der Faktoren, die mir ein Bein stellen konnten wie die Dunkelheit, das Unerwartete und alle Tücken. Ich lernte auch den Misserfolg nicht, als Ende zu sehen, sondern als Wiederaufnahme eines Planes. Letztlich beschloss ich die Tür der Freude zu nehmen und das ist, was die Leute nicht oft wählen. Viele sind Sklaven ihres täglichen Lebens, des Egoismus, der Moral, Scham und ihrer eigenen Fähigkeit zu träumen. Das sind diejenigen, die verlieren und ängstlich sind. Sie riskieren es nicht die Höhle zu betreten, um ihre Wünsche zu erfüllen. Sie werden zu unglücklichen Personen ohne Selbstliebe.

Ich schaue auf meine Seite. Ich sehe Personen, die mich noch nicht kennen, die sehr wütend über meine Freilassung aus dem Gefängnis sind. Auf dem Boden ihres Herzens haben sie schon über mich geurteilt und mich verurteilt. Wie oft machen wir das? Wie oft denken wir, dass wir die Wahrheit kennen und dass wir die Macht haben zu verurteilen? Erinnere dich an was Jesus sagte: Entfernen Sie zuerst die Stange von Ihren eigenen Augen, bevor Sie auf Ihren Bruder zeigen. Er sagte das, weil wir alle Schwachstellen haben und das unsere Beurteilungen einseitig und zweifelhaft sind. Nur die, die das menschliche Herz kennen und die frei von Sünde sind haben die Fähigkeit dazu, alles klar zu sehen. Ich sehe ein letztes Mal auf diese Personen und habe Mitleid mit ihnen, weil sie ihren gierigen Sinn für Gerechtigkeit bevorzugen, anstatt ihre eigenen Leben zu betrachten. Ich lasse sie hinter mir und gehe weiter auf meinem Weg zum Hotel. Ich beginne geistig jeden Schritt zu organisieren, den ich machen muss, um die „Gegenkräfte" wiederzuvereinigen und Frau Christine zu helfen. Sie war die Besitzerin des Schreies, den ich in der Höhle der Verzweiflung hörte und der mich dazu führte, in der Zeit zu reisen. Diese Reise war Teil eines Prozesses eines geistigen und menschlichen Fortschrittes für mich und zur selben Zeit war die Absicht, Ungerechtigkeiten zu korrigieren. Ich laufe weiter und nach fünf Minuten erreiche ich das Hotel. Renato und Carmen warten auf mich beim Tor. Sie sind meine Verbündeten in diesem Kampf. Der nächste Tag wäre der geeignetste Tag, um meine Pläne umzusetzen.

Die Idee

Die ersten Sonnenstrahlen liebkosen mein Gesicht und die Macht des natürlichen Lichtes weckte mich gerade auf. Ich bleibe für eine Weile bewegungslos, weil ich keine gute Nacht hatte. Ich erinnerte mich noch immer an den Alptraum, den ich letzte Nacht hatte, der mich aufweckte. In dem Traum war ich mit ein paar jungen Leuten und sprach über mein Buch. Ich sprach von meinen Erwartungen und die Hoffnungen, einen kommerziellen Verlag dafür zu bekommen. Damit kam ein kleiner Teufel, der mich nervte und allen Angst macht. Leute flohen und der Dämon, der sein Gesicht nicht zeigte, ruft: – Du hast es also alles rausgefunden!

In diesem Moment endete der Alptraum und ich wache in der Mitte der Nacht auf, heftig schwitzend. Was hat das zu bedeuten? Hatte es etwas mit der Geschichte von Mimoso zu tun? Ich war mir nicht sicher. Was ich wusste war, dass ich einen guten Platz im Universum wollte und wenn mein Schicksal und meine Berufung in der Literatur liegen würde ich ihnen mit großer Leidenschaft verfolgen. Trotz allem, warum hätte ich die Höhle betreten, wenn ich nicht Seher geworden wäre, jemand, der die Zeit überschreiten kann, die Zukunft voraussehen kann und die verwirr Testen und verzweifelten Herzen verstehen kann? Mit diesem Gedanken drehe ich mich in meinem Bett um und stehe auf. Ich beobachte Renato, der noch schläft und wundere mich, wieso die Beschützerin darauf bestand, dass ich ihn mit mir nehme. Bis jetzt hat er fast gar nichts beigetragen. Was könnte ein Kind für mich tun? Also, ich wusste es nicht. Ich lenke meine Aufmerksamkeit von ihm und gehe ins Badezimmer um schnell zu baden. Das Bad würde mich offener hinterlassen. Ich betrete es, schalte das Wasser ein und beginne schon die Vorteile zu spüren. Ich denke an meine Familie und habe ein wenig Heimweh. Ich erinnere mich an meine Mutter und meine Schwester und wie sie so im Kontrast zu meinem Traum stehen. Ein Gefühl von Vergebung nimmt mich über und ich vergesse letztlich diesen Fakt. Am Ende bin ich es, der in meine eigenen Talente und Berufungen glauben müsse. Zum Waschen meines Körpers versuche ich meine Gedanken von jeglichen Verunreinigungen zu befreien, weil ich bereit sein muss, Hindernisse und Aufgaben, die erscheinen könnten, zu überstehen. Ich schalte das Wasser aus und seife mich ein.

In diesem Moment berührt ein kleiner Tropfen meinen Kopf und ich reise sofort durch entfernte Dimensionen. Ich sehe mich selbst im Himmel, mit Engeln sprechend und frage sie, was der Sinn des Lebens ist. Als Antwort höre, ich ein Klingeln das mich noch verwirrter hinterlässt. Nach den Engeln spreche ich mit den Aposteln und einer von ihnen sagt mir, dass ich sehr besonders für Gott bin. Er betrachtet mich als seinen Sohn. Ich sehe, aus der Distanz, die Jungfrau und sie sieht gleich aus wie all die Male, die ich sie schon gesehen habe: rein und weise. Danach sehe ich Jesus Christus auf seinem Thron mit all seiner Pracht und er sagt mir gut zu sein und auf mein Talent zu vertrauen. All das passiert in weniger als einer Sekunde, die Zeit, die der Tropfen Wasser brauchte um meinen Kopf zu berühren. Dann sehe ich den Wasserhahn, das Wasser rinnt meinen Körper hinunter und ich komme zurück in die Realität. Ich entscheide mich ihn auszuschalten, weil ich sauber genug bin. Aus dem Badezimmer laufend finde ich Renato noch immer schlafend und ich bin verärgert. Ich schüttle seinen Körper energisch, um ihn aufzuwecken. Mürrisch steht er auf und geht ein Bad nehmen. Ich nutzte die Möglichkeit, um in die Küche des Hotels zu gehen und zu frühstücken. Als ich ankomme, werde ich von allen nett empfangen und Carmen serviert mir ein paar Kleinigkeiten zu essen.

—Du meinst, dass der Abgeordnete dich gestern einfach so gehen ließ? (Rivanio)

—Ich konnte ihn überzeugen. Er hatte keinen Grund mich dort inhaftiert zu lassen.

—Da hast du Glück gehabt, Junge. Es ist üblich in diesem Dorf, dass viele Ungerechtigkeiten geschehen. Ein Beispiel ist Claudio. Er wurde eingesperrt weil er mit der Tochter des Majors ein Verhältnis hatte. (Gomes)

—Es ist wirklich eine Schande. Wenn ich nur etwas für ihn tun könnte...

—Das wagst du besser nicht. Der Major würde dich als seinen Feind ansehen und das wäre ein Alptraum. Die Methoden, die der Major nützt um mit seinen Feinden umzugehen, sind nicht angenehm. (Carmen)

Die Warnung von Carmen hinterließ mich nachdenklich. Ich musste wirklich vorsichtig sein, weil mit dem Major und der Hexe keine Spiele gespielt werden sollten. Ich betrat feindliches Territorium und würde die richtigen Züge machen müssen, um als Gewinner zu gehen. Das Gespräch geht weiter über anderen Themen und ich beende mein Frühstück. Als ich fertig bin, ruft Carmen mich zu einem privaten Gespräch an.

—Also, es ist Zeit über die Bezahlung zu sprechen, wie ich schon sagte. Hast du Geld?

Die Frage überraschte mich ein wenig aber ich erinnere mich, dass ich ein wenig mit mir auf meinen Ausflug brachte. Ich entschuldige mich, schaue in meine Tasche und hole ein bisschen Kleingeld heraus. Carmen nimmt das Geld und frägt:

—Aus welchem Land kommt dieses Geld her? Ich habe noch nie von „Reais" gehört. Unglücklicherweise kann ich das nicht annehmen. Ich will die nationale Währung.

Die Antwort von Carmen war wie ein Schlag ins Gesicht und dann bemerke ich, dass im Jahre 1910 mein Geld keinen Wert hatte. Ich habe keine Antwort.

—Gut, ich sehe, dass du kein Geld hast. Dann wirst du dir einen Beruf besorgen müssen um mich zu bezahlen. Wie wäre es wenn du für den Major als Journalist arbeiten würdest?

—Ich glaube nicht, dass das eine gute Idee ist. Trotzdem, es ist die einzige Option die ich habe. Ich werde zum Major gehen und ihn nach einer Beschäftigung fragen.

—So ist es eben. Ich wünsche dir viel Glück.

Carmen gibt mir eine Umarmung und geht. Ihre Idee war nicht schlecht. Ich würde die Möglichkeit haben um Christine zu treffen und wer weiß, vielleicht sogar Kontakt mit ihr zu haben.

Die Figur des Majors

Nachdem ich mit Carmen sprach und sie mir die Idee gegeben hat, entschied ich mich, alles zu planen. Trotz allem tickte die Uhr und ich hatte nur noch zwei Wochen um die „Gegenkräfte" zu versammeln und Christine zu helfen, ihr Schicksal zu finden. Mit dem im Kopf ging ich in mein Zimmer, legte gute Kleidung an und ging los. Nach dem ich das Hotel verließ beginne ich mich zu konzentrieren und denke über den besten Weg nach, den Major zu behandeln, weil er ein schwerer, sehr vorurteiliger Mann war, stolz und überheblich. Christine und Claudio waren einige der Opfer seiner Denk- und Handelsweise. Ich wollte nicht das nächste sein und würde die richtigen Worte wählen müssen. Ich widerspiegle den Major weiter und denke an die zahlreichen Schwierigkeiten durch die er durchmusste als er nur ein Kind war. Trotzdem scheint er nichts daraus gelernt zu haben, da er keine Möglichkeit verpassen konnte um Personen zu demütigen und zu verletzten. Das Leben härtete sein Herz und seine Seele. Er war niemandes Idee eines perfekten Chefs, doch ich brauchte den Beruf um meine Pläne auszuführen.

Für einen Moment stoppe ich um darüber nachzudenken und beeile mich ein wenig weil ich schon in der Nähe des Bungalows bin. Ich schaue mich um und die Leute die ich sehe sind traurig und angepasst. Ich denke, dass die Einwohner von Mimoso teilweise selbst Schuld sind an der momentanen Situation der Tyrannei und Ungerechtigkeit die in diesem Ort vor sich geht. Sie wurden von einer bösen Hexe und einem Major, der das System der Obersten darstellt, dominiert. Eine bedrohte die Leute mit schwarzer Magie und der andere nutzte Macht um einzuschüchtern und zu schikanieren. Beide könnten, wenn alle gegen sie rebellieren würden, gestürzt werden. Eine mangelnde Initiative und Konformismus hielt sie in derselben Situation, dominiert. Also handelten die

Kräfte des Guten und brachten mich dazu, an den Berg zu reisen von dem jeder sagt, dass er Heilig ist. Dort traf ich die Beschützerin, das junge Mädchen, den Geist, den Jungen, führte drei Aufgaben aus und betrat die Höhle, die in der Lage ist, die tiefsten Träume wahr zu machen. In der Höhle floh ich vor drei Fallen und schritt durch Szenarien weiter bis ich das Ende erreichte. Ich wurde in den Seher verwandelt und reiste in der Zeit und jagte eine Stimme, die ich nicht kannte. Es war die Stimme von Christine, die kürzlich veränderte Tochter des Majors. Ein Major, dem ich nun gegenüberstehen werde um einen Beruf zu bekommen und Geld zu verdienen, das ich Carmen schulde. Endlich erreiche ich den Bungalow und das Hausmädchen kommt mir entgegen und begrüßt mich im Garten.

—Wie kann ich Ihnen helfen, Herr?

—Ich heiße Aldivan und bin ein Journalist. Ich würde gern mit dem Major sprechen. Ist er Zuhause?

—Ja, kommen Sie rein, er ist im Wohnzimmer.

Mit meinem Herz rasend betrete ich den schönen Bungalow. Meine Ängstlichkeit und Nervosität machten mich fertig. Ich gehe in das Zimmer und begrüße den Major.

—Was bringt Sie hierher, Herr Seher?

—Also, wie Ihre Exzellenz weiß, ich bin ein Journalist. Ich dachte also ob Ihre Exzellenz vielleicht meine Dienstleistung benötigt und ich entschied mich hierher zu kommen um meinen Vertrag zu überprüfen.

—Sehen Sie, ich kenne Sie nicht gut und bin mir noch immer nicht sicher ob sie ein Spion sind oder zur Opposition gehören. Ich denke nicht, dass ich Ihnen helfen kann.

—Ich garantiere Ihnen, dass ich vertrauenswürdig bin und ein Major wir Sie journalistische Unterstützung braucht um von der Gesellschaft angenommen zu werden. Es ist wie der Spruch sagt, die Medien sind es, die einen Mann erstellen.

—Wenn ich es so sehe denke ich, dass es vielleicht eine gute Idee ist. Lassen Sie uns ein Experiment durchführen um zu sehen ob es funktioniert. Aber wenn sie meinem Ansehen schaden werden sie als Feind behandelt und wie Sie vielleicht schon gehört haben ist das keinesfalls eine bequeme Sache. Was das Gehalt angeht, es wird gutes Geld sein. Sie müssen sich nicht Sorgen.

—Danke. Ich verspreche, dass ich Sie nicht enttäuschen werde. Wann kann ich anfangen?

—Fangen Sie so bald wie möglich an zu arbeiten. Ich will meinen Namen durch ganz Pernambuco kreisen sehen. Ich will legendär sein und von vielen Generationen erinnert werden.

—So wird es sein, Major. Das verspreche ich.

Ich verabschiede mich und gehe. Mit der Mission erfolgreich fühle ich mich entspannter und selbstbewusster. Den Major zu überzeugen war nicht so schwer weil er durstig nach Macht und Ruhm ist. Ich spielte mit seiner Schwäche und ging als Gewinner.

Der Job

Der Major gab mir seine ersten Anleitungen und ich begann an der Verbreitung seines Namens zu arbeiten. Grundsätzlich lag meine Arbeit darin ihn durch die Verbreitung seiner Taten und Vorlieben in der lokalen Einwohnerschaft zu stärken und zu seiner Kampagne beizusteuern wenn er sich für das Amt des Bürgermeisters der Gemeinde aufstellt. Diese Anweisungen brachten mich nicht in eine bequeme Situation weil ich gegen die Ideale des Obersten Systems und die Attitüde des Majors bin. Trotzdem, ich wusste dass das die einzige Möglichkeit war um mich Christine zu nähern da sie sich seit der Tragödie zurückhält. Mein Motto war: Es ist das Ende, das die Mittel rechtfertigt. Einer der ersten Artikel der Nachrichten die ich preisgab hatte den folgenden Titel: Der Major hilft bedürftigen Familien. Ich gab das Datum an, sprach von der Güte des Majors und seinen Taten, und ich merkte die Danksagungen der Leute sowie die katastrophale Situation in der sie sich befanden an. Trotzdem wurde das Wichtigste nicht enthüllt. Ich erwähnte nicht, dass das Geld, das benutzt wurde, um die Essenskörbe zu kaufen, Steuergelder waren und dass der Major im Gegenzug verlangte, dass die Familien für ihn bei der Wahl zum Bürgermeister stimmten. Der Akt der „Freundlichkeit" war nichts außer einem Spiel der Interessen das sehr populär war während der Regierung des Obersten Systems. Jetzt wurde ich Komplize dieses Systems gegen meinen eigenen Willen. Ich versuche nicht darüber nachzudenken und arbeite weiter. Meine Strategie war nun einen Weg mit Christine zu sprechen zu finden und sie ihr eigenes Schicksal finden zu lassen.

Die erste Begegnung mit Christine

Mit viel produziertem Material nähere ich mich dem Bungalow in dem der Major lebt. Seine Zustimmung war nötig für weitere Publikationen der Arbeit. Auf dem Weg finden Ideen zu mir und ich denke, dass ich sie ihm gegenüber erwähnen werde. Ich denke besser nach und komme zum Entschluss, die Idee aufzugeben weil der Major ein harter Mann war und generell keine Vorschläge akzeptierte. Ich gehe ein paar Schritte weiter und komme endlich zur Residenz. Als ich klatsche kommt ein hübsches Mädchen mich begrüßen.

—Was wollen Sie, Herr?

— Ich kam, um mit dem Major zu sprechen.

—Er ist nicht hier. Können Sie ein anderes Mal kommen?

—Kein Problem. Könnte ich mit Ihnen sprechen? Sie sind Frau Christine, oder?

—Ja. Mein Name ist Aldivan und ich bin ein Reporter für die Hauptstädtischen Nachrichten. Ich arbeite für deinen Vater.

—Oh, mein Vater hat über Sie gesprochen. Sie schreiben Artikel über ihn, oder?

—Ja, dazu bin ich auch an Ihrer Geschichte interessiert. Könnten wir für eine Minute sprechen?

—Meine Geschichte? Ich denke nicht, dass sie sie betrifft.

—Ich bestehe darauf. Ich kann Ihnen helfen sich selbst zu finden. Geben Sie mir die Möglichkeit.

Plötzlich fixieren sich ihre Augen auf meine und unsere Kette aus Gedanken vereint sich. In wenigen Momenten hat sie die Möglichkeit mich ein wenig besser kennenzulernen. Sie denkt für eine Weile nach und entscheidet sich.

—Gut, ich hole uns zwei Stühle damit wir uns hier auf der Veranda hinsetzen können.

Sie betritt das Haus und kommt bald darauf wieder zurück. Sie setzt sich neben mich und ich kann ihren entzückenden, natürlichen riechenden Duft riechen.

—Also Christine, was meine Aufmerksamkeit auf mich zog war die Nachricht die ich in der Zeitung in Recife kürzlich las. Es ging um eine Tragödie und über dich als Person.

—Was geschrieben wurde stimmt und wurde bis nach Pernambuco berichtet. Ich bin ein Monster! Ich bin ein Monster! Ich endete das Leben des Jungen. Er war ein Opfer der Situation, genau wie ich. Jetzt, nach der Tragödie, bin ich allein und jeder rennt vor mir weg. Ich habe keine Freunde mehr, nicht einmal Gott. Ich bin am Tiefpunkt.

—Sag so etwas nicht, Christine. Wenn du dich schuldig fühlst dann hör damit auf, weil was passierte ein schmutziger Komplott der Kräfte des Bösen war, vertreten durch Clemilda. Sie nahmen alles von dir, sogar deinen Gott. Wenn du reagierst könnte es Hoffnung geben.

—Wie wissen Sie all das? Wer sind Sie wirklich?

—Wenn ich es dir jetzt versuchen würde zu erklären würdest du es nicht verstehen. Ich will, dass du weißt, dass du, in mir, einen guten Freund hast, für immer. Du bist nicht weiter allein.

Tränen rinnen Christines Gesicht runter wegen meiner Ehrlichkeit. Sie umarmt mich, sagt, dass ihr Zuneigung letztlich fehlte. Ich versuche das Gespräch wiederzubeleben.

—Erzähl mir, wie war deine Erfahrung im Kloster. Hast du dort Gott gefunden?

—Ja, habe ich. Trotzdem, wir können Gott überall finden. Er ist in dem Wasser des Wasserfalls das absinkt, komplett zugestellt an seinen Zielort. Er ist im Singen der Vögel am Tagesanbruch, und Er ist in der Geste der Mutter, die ihren Sohn beschützt. Jedenfalls, er ist in uns und bittet dauernd gehört zu werden. Als ich das herausfand lernte ich auf ihn zuhören und ich verstand, dass meine Berufung nicht war, eine Nonne zu sein. Ich lernte, dass ich ihm auf andere Weisen dienen könnte.

—Ich bewundere dich für diese Geste und stimme deiner Definition zu. Wie viele Personen betrügen sich selbst ihr ganzes Leben lang und geben sich selbst an Wege im Leben, die nicht für sie gemacht wurden. Manchmal passiert das unter dem Einfluss von Eltern, der Gesellschaft oder einfach wegen Nichtwissens, wie man dieser inneren Stimme, die wir alle haben, die du Gott nennst, zuhört. Seitdem du dich entschieden hast das religiöse Leben zu verlassen, schätze ich, dass du Liebe gefunden hast.

—Ja, aber ich will nicht darüber sprechen. Es schmerzt noch immer sehr, die Tragödie, und alle vorangegangenen Ereignisse.

Ich beschließe mich Christines Schweigen zu respektieren und wage es nicht sie weiteres zu fragen. Ich verabschiede mich von ihr und frage, ob wir uns zu einer anderen Zeit wieder sprechen können. Sie sagt ja und das freut mich. Meine erste Begegnung mit Christine war erfolgreich.

Zurück zum Schloss

Nach der ersten Begegnung mit Christine entschied ich der mächtigen Hexe Clemilda gegenüberzutreten. Sie musste wissen, dass die Mächte des guten am Arbeiten sind und das Wirken des bösen zu Ende kommen würde. In diesem Sinne gehe ich wieder zum gefürchteten, schwarzen Schloss. Es hat denselben Aspekt wie beim ersten Mal und ich beginne zu zittern, unregelmäßig zu atmen und mein Herz war am Beschleunigen. Was für eine Art von Zauber ist das? Die „Gegenkräfte" schreien in mir. Während ich näher komme versuchen mich aufgewühlte und verwirrte Stimmen von meinem Weg abzulenken. Ich knie mich auf den Boden und versuche meinen Verstand zu reinigen um weiterzukommen. Die Stimmen sind sehr stark. Ich erinnere mich an die Lehren der Beschützerin, die Aufgaben und die Höhle. Ich erinnere mich auch an die Meditation und wie sie mir half. Ich wende was ich lernte an und fühle mich besser und kann weiter gehen. Ich stehe auf und laufe die letzten Schritte, endlich ankommend. Die Zugangstür öffnet sich sofort und ohne Angst gehe ich durch sie. Die Horror-Szenerie des letzten Besuchs wiederholt sich doch ich schenke ihr keine Aufmerksamkeit. Fest und entschlossen gehe ich durch den Gang wo ich von Totonho begrüßt werde, einem von Clemildas Kumpanen. Er schickt mich in einen Raum. Innen, im Zentrum, ist Clemilda die eine Kapuze trägt.

—Womit verdiene ich einen weiteren Besuch des Sehers? Bist du hier um mir für die Arbeit zu gratulieren die ich in diesen ländlichen Ort stecke?

—Versuch es nicht Mal. Du weißt, sogar besser als ich, dass das Ungleichgewicht der „Gegenkräfte" Mimoso und sogar das ganze Universum bedroht. Ich will, dass du so schnell wie möglich gehst. Den Schmerz, den du den Leuten, vor allem einem jungen Mädchen namens Christine, angetan hast, ist zu viel. Ich bin froh mit ihr befreundet zu sein und ich beginne sie dazu zu bringen ihr eigenes Schicksal zu sehen.

—Ich bezweifle, dass du dazu fähig bist sie davon zu überzeugen ein selbstbewusstes, komplett schuldfreies Mädchen zu sein. Die Tragödie beeinflusste ihre Sinne und Gefühle. Was die „Gegenkräfte" betrifft, du hast Recht, aber es wird nicht einfach sein mich weg zu bekommen. Ich biete ein Geschäft an. Wenn du Christine davon überzeugen kannst, wirklich ihren Kurs zu ändern und wenn du drei Aufgaben in drei Tagen bestehst, wirst du zu einem finalen Kampf berechtigt. Die „Gegenkräfte" werden sich treffen und wer auch immer gewinnt wird für alle Ewigkeiten regieren.

—Ein Kampf? Ist das nicht gefährlich? Das Universum läuft Gefahr zu verschwinden wenn etwas falsch läuft.

—Du hast keine Wahl. Es heißt nimm es oder lass es. Willst du Mimoso wirklich retten? Dann begegne der Macht der „Dunkelheit".

—Gut. Ich mach es.

Damit verlasse ich den Raum und suche den Ausgang. Ein Krieg zwischen den „Gegenkräften" war dabei zu beginnen und ich war einer der Hauptdarsteller der Konfrontation. Ich wusste nicht was passieren wird, doch ich war bereit, alles zu tun um das Gleichgewicht der „Gegenkräfte" wiederherzustellen und Christine zu helfen.

Die Nachricht II

Das Treffen mit Clemilda zeigte mir, dass ich sofort handeln muss und meinen Plan umsetzen. Der Krieg zwischen den „Gegenkräften" wurde erklärt und ich hatte eine große Rolle darin. Also entschied ich mich eine Notiz zu schreiben, adressiert an Christine, um sie zu einem weiteren Treffen einzuladen. Nachdem ich sie geschrieben war, rief ich Renato und bat ihn, die Nachricht in ihre Hände zu liefern. Er nahm sie und ging ohne Verzögerung. Ungefähr zwanzig Minuten später kam er zusammen mit einer Antwort zurück. Ich nahm das Papier sorgfältig und öffne es langsam, weil ich Angst vor der Antwort habe. Es enthält folgende Nachricht: Triff mich um sieben Uhr morgens bei der Straße nach Climério. Ich bin froh zu hören, dass sie meine Einladung annahm und meine Hoffnungen sie zu heilen stiegen. Sie war eine Schlüsselspielerin im Kampf gegen die Kräfte gegen uns.

Ausflug nach Climério

Der Tag des Treffens war endlich da. Ich stehe auf und stellte die geeignetste Strategie für das Treffen auf. Ich gehe ins Badezimmer und nehme ein Bad, putze meine Zähne und gehe Frühstücken. Nach der Erfüllung all dieser Schritte bin ich bereit dazu, hinauszugehen und Christine zu finden. Den Ort des Treffens kannte ich gut. Es war in Climério, im Osten von Mimoso gelegen. Mit dem Gemüt, mit dem ich aufwachte, beginne ich in die Richtung des Ortes, an dem wir uns Treffen werden, zu gehen. Es war nach sieben Uhr morgens und genau zu dieser Zeit sollte Christine ihr Haus verlassen haben. Die Erinnerung unseres ersten Treffens kommt in meinen Verstand und ich wundere mich, ob Christine mir schon vertraut, weil sie während den ersten Momenten unseres Interviews sehr zurückgezogen war. Gut, kein Wunder. Ich war ein Fremder, ein Fremder der, wie sich herausstellte, hervorragend über die Details ihres Lebens Bescheid wusste. Das erbrachte einen beispiellosen Effekt. Ich bin froh, dass ich ihr klarmachte, dass ich ihr Freund sein will und sehend wie sie sich letztlich extrem einsam fühlte, akzeptierte sie, zumindest vorübergehend, meinen Rat und meine Vorschläge. Jetzt war ich bereit für die zweite Stufe, die die Wichtigste ist.

Ich laufe für einige Zeit in dieselbe Richtung und weiter vorne sehe ich die Umrisse von Christine. Sofort starte ich zu rennen, um sie zu treffen.

—Wie geht es dir, Christine? Hattest du eine gute Nacht?

—Seit der Tragödie hatte ich keine gute Nacht mehr. Ich träume immer von meiner Hochzeit und allem was dort geschah. Ich weiß nicht wie lange ich so leben werde.

—Du musst es loslassen, Christine. Vergiss die Schuld und Reue, weil sie dir nur schaden. Ich lernte, dass wir im Leben in der Gegenwart leben müssen und nicht in der schmerzvollen Vergangenheit. Die guten Zeiten sind die, an die wir uns erinnern sollten, um uns selbst zu stärken und mit unseren Köpfen Kocheiter laufen können.

—Das sind nur Worte. Der Schmerz, den ich in mir fühle, ist noch zu stark.

—Eines Tages wirst du es überwinden. Da bin ich mir sicher. Also, Christine, ich muss mit dir über etwas Ernstes sprechen. Es geht um die Hexe Clemilda, die die Mächte der Dunkelheit beschwört, hat, um das Dorf von Mimoso an sich zu reißen. Sie war zuständig für die Tragödie und alle anderen schlechten Ereignisse die hier stattfanden. Ich konfrontierte sie und bin entschlossen, ihre Herrschaft zu beenden. Als Antwort bot sie mir ein Angebot an. Jetzt muss ich die Mächte des Guten für einen Kampf versammeln. Was sagst du? Bist du bereit mich in diesem Kampf zu verteidigen?

—Ich weiß nicht, ob ich bereit bin. Clemilda ist Gerusa Cousine und Gerusa war praktisch wie eine Mutter für mich. Ich weiß, dass sie böse ist und ich bin komplett gegen ihre Handlungen. Auf der anderen Seite, sie ist praktisch Teil der Familie. Es sind die „Gegenkräfte" das Herz verwirren und mich zweifeln lassen.

—Ich verstehe. Ich muss dich daran erinnern, dass ich eine Schlüsselrolle im kommenden Krieg habe. Bevor du dich entscheidest, denk an die Leute, das Christentum und an dich selbst.

—Ich verspreche, dass ich darüber nachdenken werde. Willst du mir noch was sagen?

Ich denke für einige Momente noch bevor ich antworte und frage mich, ob sie wirklich bereit ist. Ich entscheide mich das Risiko anzunehmen.

—Ja, die ganze Wahrheit. Christine, für viele Jahre war ich ein junger Träumer und voller Hoffnung. Trotzdem trotz meiner besten Bemühungen konnte ich meine Ziele nicht erfüllen. Ich war für drei Jahre meines Lebens komplett verlassen: Ich hatte keinen Job und ich lernte nichts. Am Tiefpunkt zu sein, führte mich zu einer Krise, die mich fast wahnsinnig machte. Während dieser Krise versuchte ich näher an den Erschaffer zu kommen, um ein wenig Friede und Trost zu erhalten. Doch je mehr ich darauf bestand, je weniger Antworten erhielt ich. Also versuchte ich, auf der Suche nach Heilung und Antworten, Zuflucht beim Teufel zu bekommen. Ich ging zu einer Sitzung und sie versprachen mir, dass ich in der Lage sein werde, geheilt zu werden und Glücklich zu sein. Als Gegenleistung würde ich meine Religion ändern müssen und genau tun, was sie wollen. An dem Tag und in der Stunde die für meine Rückrunde an diesen Ort markiert wurde bekam ich die Antwort, dass Gott sich um mich kümmert. Er schickte einen Engel und warnte mich davor, zurückzugehen, dass ich nicht mein lang ersehntes Glück und die Heilung finden würde. Also beachtete ich die Warnung und wagte es nicht zurückzugehen. Ich ging zu einem Arzt und er sagte, dass mein Fall nicht ernst war, dass es nur ein einfacher Nervenzusammenbruch war. Ich nahm also ein paar Medikamente und es ging mir besser. Gott nutzte diesen Arzt, um mir zu helfen. Wie oft macht er das ohne, dass wir es bemerken. Während meiner Krise begann ich zu schreiben, um ein wenig Spaß zu haben, als Therapie. Dann realisierte ich, dass ich ein Talent habe, das mir nie auffiel. Nach der Krise bekam ich einen Beruf und ging zurück zur Schule. Gleichzeitig wuchs der Wunsch in mir ein Autor zu werden und mit Leuten zu kommunizieren. Dann hörte ich vom Ororubá Berg, dem heiligen Berg. Er wurde Heilig wegen des Todes eines mysteriösen Schamanen und er hat eine mystische Höhle auf der Spitze, die die Höhle der Verzweiflung genannt wird. Sie ist in der Lage, jeden

Traum zu erfüllen, solang er rein und ehrlich ist. Also entschied ich mich zu packen und begann eine Reise zum Berg. Ich verabschiedete mich von meiner Familie, doch sie verstanden meinen Traum nicht. Trotzdem ging ich. Ich musste an mein eigenes Talent und Potenzial glauben. Also bestieg ich den Berg und traf die Beschützerin, einen alten Geist. Mit ihren Lehren war ich in der Lage, die Aufgaben zu überstehen, die meine Eintrittskarte für die Höhle waren. Doch die Geschichte ist noch nicht fertig. Die Höhle der Verzweiflung erlaubte noch nie jemandem seine Träume durch sie zu erfüllen. Alle, die es versuchten scheiterten kurzerhand. Aber ich hatte einen Traum und mein Leben für ihn zu riskieren war kein Hindernis für mich. Ich entschied mich, die Höhle zu betreten. Ich gehe rein und schon bald erschienen die ersten Fallen. Ich schaffte es sie zu überleben und bald danach komme ich zu drei Türen. Sie stehen für Freude, Misserfolg und Angst. Ich nahm die richtige Tür und komme in der Höhle weiter. Dann fand ich einen Ninja und mit seinen Kampfkünsten versuchte er mich zu zerstören. Die Erfahrung führte mich zum Sieg und ich besiegte den Ninja. Dann schritt ich in der Höhle weiter und fand ein Labyrinth. Ich betrat es und verlief mich. Dann hatte ich eine Idee und schaffte es mich selbst zu finden. Also stoß ich mich weiter in der Höhle. Kurz gesagt, ich war in der Lage, in allen Szenarien in der Höhle voranzukommen und sie sah sich selbst dazu verpflichtet mir meinen Wunsch zu billigen. Ich wurde der Seher und reiste in der Zeit zurück, einer Stimme, die ich nicht kannte, folgend. Diese Stimme war deine, Christine, und ich bin hier, um dir zu helfen.

—Das ist viel Information gleichzeitig. Ich weiß nicht, ob du verrückt bist oder ich meinen Verstand verliere. Ich hörte schon von der Höhle und ihren tollen Kräften, aber ich konnte mir nie vorstellen, dass jemand hineingeht und ihre Feuer übersteht. Ich muss ein wenig nachdenken und alles, was ich hörte, widerspiegeln.

—Denke, Christine, aber brauch nicht zu lange. Meine Zeit hier rinnt und ich muss meine Mission erfüllen.

—Ich verspreche dir bald eine Antwort zu geben. Also, jetzt muss ich meinen Spaziergang beenden und nach Hause gehen.

Ich verabschiede mich von Christine und gehe zurück zum

Hotel. Ich erfüllte meinen Teil, jetzt waren nur noch Antworten übrig. Meine Hoffnungen waren in den Händen des Schicksals und ich wusste nicht, wo sie hinzeigen. Der Krieg zwischen den „Gegenkräften" würde bald stattfinden und Christines Antwort wird der entscheidende Faktor sein.

Entscheidung

Der bevorstehende Krieg zwischen den „Gegenkräften" hinterließ mich keineswegs sicher. Ich nahm nie an einem Wettkampf dieser Art teil und es würde eine einzigartige Erfahrung werden. Um mein Herz und meinen Verstand zu erleichtern, verließ ich das Hotel und bewegte mich zu den Ruinen der Kapelle von St. Sebastian, die sehr nah lag. Auf dem Weg frage ich mich, welche Aufgaben ich bewältigen werden müsse und ob sie so schwer wie die Hindernisse in der Höhle sein werden. Ich würde alles in meiner Macht tun, um inmitten aller Schwierigkeiten zu gewinnen. Meine Gedanken erheben sich und ich denke über meinen Traum nach und alle Hindernisse, die er beinhaltete. Ich wundere mich, ob ich einen kommerziellen Verleger für mein Buch bekommen werde. Würde dieser genug investieren, um mit dem Buch Erfolg zu haben? Mir ist bewusst, dass die Höhle mir half, meine Probleme aber nicht lösen würde. Ich erwarte, dass die Höhle nur der Beginn einer langen und lebhaften literarischen Karriere war. Nichtsdestotrotz war es nicht Zeit mir darüber Sorgen zu machen. Ich hatte wichtigere Sachen zu unternehmen. Ich würde die „Gegenkräfte" Wiedervereinen müssen und Christine helfen sich selbst zu finden. Die Ziele bringen mich näher an die Ruinen und Momente später berühre ich die Überbleibsel des Symbols des Christentums. Ich betrachte das Kruzifix, das ganz blieb und nachdem ich es berühre beginne ich mehr über meine Religion und ihren Erschaffer zu verstehen. Er gab sich selbst für uns auf, einfach wegen einer Liebe die wir nicht verstehen können. Eine Liebe so groß, dass sie Wunder wirken kann. Das war, was ich brauchte: ein Wunder.

Ich war dabei, unbekannten Kräften gegenüberzustehen die sich von Egoismus, Süchten, Schwächen und menschlichem Hass ernährten, Kräfte, die dazu fähig sind menschliches Leben zu zerstören. Ich schaue auf das Kreuz und es füllt mich mit Mut. Da war ein Beispiel eines Gewinners. Er war auch ein Träumer, wie ich, und seine Lehren haben die Welt erobert. Er brachte uns beizuliegen und andere zu respektieren und das war die Nachricht, die ich in meinem alltäglichen Leben predige. Ich sehe mich nach allem, was mir nahe ist, um: Ich sehe Leute, den blauen Himmel und weit weg, den Horizont. Ich könnte sie oder mich selbst nicht enttäuschen. Mit all der Stärke in meiner Brust rufe ich:

—Ich bin bereit!

Die Erde begann zu beben und innerhalb weniger Sekunden fühle ich mich aus dem Ort, an dem ich bin, entrissen. Ich werde an den Haaren geführt und die Emotionen des Momentes verfinstern meine Sicht, alles ist dunkel und leer.

Die Erfahrung in der Wüste

Ich wachte gerade auf und stehe auf, um zu erfahren, wo genau ich bin. Ich schaue in die vier Richtungen und kann nur Sand und Himmel sehen. Ich fühle mich als, ob ich in der Mitte einer Wüste bin. Was mache ich hier? Was für ein Scherz war das? Gerade erst war ich bei den Ruinen der Kapelle (in Mimoso) und war dann in diesem dunklen, leeren Ort. Ich renne los und suchte etwas. Wer weiß, vielleicht finde ich eine Oase oder etwas das mich führen kann und mir sagt, wo genau ich bin. Das Gefühl der Einsamkeit steigt jede Minute, trotz meines Glaubens, dass ich immer von einem Engel begleitet werde. In diesen Momenten erinnere ich mich letzlich daran, wie wichtig es ist Freunde zu haben oder jemanden, dem man vertrauen kann. Geld, soziale Prahlerei, Nichtigkeiten, Erfolg und Sieg sind sinnlos, wenn man niemanden hat, mit dem man es teilen kann. Ich laufe weiter und der Schweiß trieft, der Hunger kneipt der Durst und mich tut dasselbe. Ich fühle mich so verloren, wie ich mich im Höhlenlabyrinth fühlte. Welche Strategie soll ich nun anwenden? Die Oase könnte überall sein. Ich bleibe ein wenig stehen. Ich würde meine Stärken erholen und atmen. Ich habe meine Grenzen noch nicht erreicht aber fühle mich ziemlich erschöpft. Die

Wanderung die steilen Treppen hinauf kommt mir in den Sinn, die, die im Heiligtum der Mutter der Gnaden waren, wo die Beschützerin stationiert war, in Binden. Ich war nur ein Kind und die Anstrengung des Kletterns kostete mich viel. Nachdem ich auf der Spitze angekommen war, brachte ich mich wegen der Angst, den steilen Berghang hinunterzufallen, an einen sicheren Platz. Meine Mutter zündete eine Kerze an und zahlte die Versprechung, die sie machte. Der Schrein wurde von vielen Touristen besucht und ich nahm die Erscheinung der Jungfrau Maria an diesem Ort auf.

Die Geschichte ging wie folgt: Im Jahre 1936 ritten der Bandit Virgulino Ferreira, die „Laterne", und seine Bande durch Pesqueira, wo sie Gräueltaten gegen die lokalen Bauern verübten. Maria da Luz fragte Conceição was sie tun würde wenn die Laterne dort in diesem Moment erschien. Das Mädchen sagte: „Meine Güte, ich müsste einen Weg herausfinden, sodass dieser Übeltäter nicht in der Lage sein wird uns zu verletzen". Das sah sie, auf die Bergkette schauend, ein Bild in der Form einer Frau. Die Erscheinung wiederholte sich in den folgenden Tagen und die Neuigkeit verbreitete sich durch die Region. Der Vatikan gab zu, dass die Mutter der Gnaden in Pesqueira und fünf weiteren Orten in verschiedenen Teilen der Erde erschien. Die Erscheinung auf der Bergkette war die einzige registrierte auf dem amerikanischen Kontinent.

Nach dem Absteigen vom Heiligtum fühlte ich mich entspannter und selbstbewusst. So würde ich mich fühlen, nachdem ich eine Oase gefunden hätte. Ich kehre zum Laufen zurück und habe eine Frage in meinem Kopf, die nicht herausgehen will. Wo war die Aufgabe? Es machte keinen Sinn für mich, ohne Antworten zu laufen. Seitdem ich den Ausflug auf den heiligen Berg machte, erfüllte ich die Aufgaben und betrat die Höhle. Ich hatte einen Plan und einen Zweck. Nun war ich hilflos und ohne Richtung. Ich beobachte den Himmel und sehe ein paar Vögel. Eine gute Idee knallt in meinen Kopf und ich entscheide mich ihnen zu folgen, wie der Fledermaus in der Höhle. Nach dreißig Minuten der Jagd sehe ich einen See, wo die Vögel landen und meine Hoffnung kommt mit einer großen Macht zurück. Ich nähere mich dem See und trinke sein Wasser. Ich trinke ein wenig, doch der schlechte Geschmack bringt mich dazu aufzuhören. Also sitze ich für eine kurze Zeit am See, um meine Beine und Füße auszuruhen, die müde von der Reise waren. Einen Moment später berührt eine Hand meine Schulter und ich drehe mich um. Die Beschützerin, die ich am Berg traf, war direkt vor mir.

—Du, hier? Das habe ich nicht erwartet.

—Mein Sohn, du schaust müde aus. Willst du nicht nach Hause gehen? Deine Familie vermisst dich sehr.

—Ich kann nicht. Ich muss meine Mission erfüllen. Es war dieselbe Dame, die mich nach Mimoso schickte, um die „Gegenkräfte" wieder zusammenzuführen und um Christine zu helfen.

—Vergiss deine Mission. Du hast nicht die Stärke um deinen Gegner zu besiegen. Erinnere dich daran, dass sogar dein Herr Jesus Christus auf dem Kreuz starb, weil er dem Teufel nicht folgte.

—Du liegst falsch. Jesus Christus kam als Gewinner aus diesem Disput und das Kreuz ist ein Symbol seines Sieges. Warte. Du hast nie in dieser Weise gesprochen. Wer bist du? Ich bin sicher, dass du trotz deines Aussehens nicht die Beschützerin bist.

Die Frau gab einen Schrei des Sarkasmus und verschwand. Es war also nur eine Vision, die darauf wartete, sich mit mir anzulegen. Ich muss sehr vorsichtig mit Erscheinungen umgehen. Ich verbleibe, sitzend, ohne eine Idee wie ich diesen großen und leeren Ort verlassen sollte. Ich fühle nur mein Herz pochen, meine Beine zucken und höre mein Unterbewusstsein sagen, dass es nicht vorüber ist. Was fehlte? Ich habe schon genug von dieser Aufgabe. Ich schaue in dem Horizont und in der Distanz sehe ich jemanden näher kommen. War es mehr als eine Vision? Ich müsste vorsichtig sein. Als sie näher kam, war ich verängstigt und konnte es nicht glauben. Die Person umarmt mich und ich gebe sie trotz des Misstrauens wider.

—Bist du wirklich meine Mutter? Wie bist du hierhergekommen?

—Ich bin es. Die Beschützerin half mir dich zu finden. Nachdem du mich verließest, ging ich auf den Berg, weil ich sehr besorgt war. Also fand ich die Beschützerin und sie geleitete mich.

—Warte. Ich muss den Beweis haben, dass du wirklich meine Mutter bist. Wie hieß meine Lieblingskatze und welchen Spitznamen haben mir meine Neffen gegeben?

—Das ist einfach. Der Name deiner Lieblingskatze war Pecho und dein Spitzname ist Onkel Divinha.

Die Antwort beruhigt mich und ich umarme sie. Ich brauchte wirklich jemanden zu vertrauen in der Wüste.

—Was machst du hier?

—Ich bin hier, um dich zu überzeugen, das alles hier aufzugeben. Du riskierst große Gefahren in dieser Wüste. Komm schon, lass uns gehen. Ich hätte dich nicht das Haus verlassen lassen sollen.

—Ich kann nicht. Ich muss eine Mission erfüllen. Ich muss die „Gegenkräfte" wiedervereinigen und Christine helfen. Dazu kommt, dass ich alles in einem Buch dokumentieren muss, um meine Literatur-Karriere zu starten.

— Deine Mission ist verrückt. Du kannst die Kräfte der Dunkelheit weder besiegen noch kannst du ein Buch veröffentlichen. Wie oft muss ich dir sagen, dass Bücher zu schreiben dir keine Ergebnisse bringen wird? Du bist arm und unbekannt. Wer wird sie kaufen? Darüber hinaus hast du kein Talent.

—Du liegst völlig falsch. Ich kann die „Gegenkräfte" Wiedervereinen und meinen Traum wahr machen. Ich kann nicht glauben, dass du meine Mutter bist, obwohl sie mich auch nicht ermutigt hat. Ich weiß, dass sie einen Funken Hoffnung hat, dass ich wirklich Autor werde. Ich habe Talent oder ich wäre nie in die Höhle gekommen, um den Berg zu bitten mich in den Seher zu verwandeln.

Sofort wurde meine Mutter zu einem Mann mit hellfarbiger Erscheinung und mit Augen aus Feuer. Ich war ein wenig schockiert, doch ich erwartete, dass es nicht sie war. Der Mann begann mich zu umkreisen.

—Seher, Sohn Gottes. Hast du je darüber nachgedacht, was all diese Namen bedeuten? Hellseherei ist eine Gabe, die einem Individuum hilft, die Zukunft zu kennen oder genaue Vorstellung zu haben, was anderswo vor sich geht. Du hast diese Fähigkeiten nicht. Tatsächlich, was du hast eine unterentwickelte Hellseherei. Es ist ziemlich überheblich von dir zu behaupten, dass du ein mächtiger Seher seiest. Was den Fakt betrifft, dass du der Sohn Gottes bist, das ist ein großer Witz. Erinnerst du dich nicht an den Fehler, den du in einer Wüste wie dieser begingst? Denkst du, dass Gott dir verziehen hat? Wie sonst hast du den Nerv dich selbst Sohn Gottes zu nennen? Für mich, bist du eher ein Teufel als ein Gott. Das ist richtig. Du bist der Teufel, genau wie ich!

—Ich bin vielleicht kein mächtiger Hellseher, doch ich erhalte Nachrichten des Erschaffers. Er sagt mir, dass ich eine helle Zukunft haben werde. Ich baue sie jeden Tag in meiner Arbeit, meinen Studien und in den Büchern, die ich schreibe. Was meine Fehler betrifft, ich kenne sie und habe um Vergebung gebeten. Wer macht keine Fehler? Ich habe mich darauf fokussiert ein neuer Mann zu werden und ich habe meine Vergangenheit vergessen. Die Nachrichten, die ich erhielt, sagen, dass Gott mich als seinen Sohn ansieht und ich glaube fest daran. Sonst hätte er mich nicht so oft gerettet.

Mit Augen voller Tränen schaue ich in das Universum und drehe meinen Rücken zu dem Ankläger. Ich gebe einen starken Ruf von mir.

—Ich bin nicht der Teufel! Ich bin ein menschliches Wesen das eines Tages entdeckte, dass ich einen unendlichen Wert für Gott habe. Er rettete mich von der Krise und zeigte mir den Weg. Jetzt will ich bei ihm bleiben und mich selbst erfüllen, ganz gleich den Hindernissen oder Schwierigkeiten, die ich überstehen muss. Sie werden mich reifen lassen und ich werde ein besserer Mensch werden. Ich werde Glücklich sein, weil das Universum sich dafür verschworen hat.

Der Teufel nimmt ein wenig Abstand und sagt:

—Wir werden uns wieder treffen, Aldivan. Der Krieg zwischen den „Gegenkräften" beginnt gerade erst. Am Ende werde ich als Gewinner hervorstechen.

Damit verschwand er. Sofort danach werde ich wieder entrissen. Innerhalb von Sekunden finde ich mich wieder im vorhergegangenen Szenario, wieder unter den Ruinen der Kapelle. Ich beschließe sofort zurück zum Hotel zu gehen, um mich auszuruhen und meine Stärken und meinen Geist wiederherzustellen. Die erste Aufgabe war komplett, jetzt waren nur noch zwei übrig.

Die Verehrer der Dunkelheit

Am nächsten Tag gehe ich zurück zum selben Ort, wo ich an die erste Erfahrung genommen wurde. Unbewusst denke ich, dass es das Tor zu den Aufgaben ist. Als ich auf die Ruinen schaue, fühlende ich mein Herz wegen der Trostlosigkeit des Ortes auseinander reißen. Der wahre Pfad wurde zugedeckt von einer bösen und verdorbenen Hexe. Jetzt bestand meine Arbeit daraus die „Gegenkräfte" wieder ins Gleichgewicht zu bringen und den verlorenen Frieden im Ort wiederherzustellen. Bereit, wiederholte ich das Passwort des vorhergegangenen Tages und wieder werde ich teleportiert. Ich finde mich selbst in einem seltsamen und dunklen Ort, wo ein Ritual durchgeführt wird. Dort sind um die zehn Personen, sie sind in einem Kreis aufgestellt und murmeln Worte in einer Sprache, die ich nicht kenne. In der Mitte ist ein hockender Mann und die anderen schütten eine Flüssigkeit mit einem unerträglichen Geruch auf seinen Kopf. Einen Moment später wachsen zwei Hörner aus seinem Kopf und seine Miene wird schrecklich. Es sieht mich und steht auf. Es nähert sich mir, nimmt ein Schwert auf und wirft mir ein weiteres zu. Ich werde nervös, weil ich es nicht gewohnt bin, mit Waffen umzugehen.

Es ruft mich zum Kampf und beginnt ein paar Schläge von sich zu geben. Ich versuche sie mit meinem Schwert zu blocken und, fast wie ein Wunder, schaffe ich es. Es attackiert weiter und ich verteidige mich. Ich beobachte seine Bewegungen, um eine anschließende Reaktion zu machen. Es ist ziemlich schnell und geschickt. Immer mehr kämpfe ich zurück und es scheint überrascht. Eine meiner Bewegungen verletzt ihn, doch es scheint noch immer unermüdlich. Also erhebe ich Einspruch. Ich nähere mich ihm, ohne dass es bemerkt, bereite mich auf eine finale Attacke vor. Das Schwert hilft mir ihn ins Ungleichgewicht zu bringen und mit geballten Fäusten schlage ich mit allem, was ich habe zu. Es fällt auf den Boden, bewusstlos. Gleichzeitig werde ich zu den Ruinen der Kapelle transportiert. Die zweite Aufgabe war erfüllt.

Die Erfahrung des Besitzes

Der dritte Tag war endlich da. Wieder gehe ich zu der Kapellenreihe. Die dritte Erfahrung war markiert und ich konnte nicht länger warten. Was erwartete mich? Ich wusste es wirklich nicht, war aber für alles bereit. Die Beschützerin, die Aufgaben und die Höhle trugen dazu erheblich bei. Ich war nun der Seher und konnte nicht länger ängstlich sein. Selbstbewusst und ruhig wiederhole ich das Passwort des vergangenen Tages. Ein kalter Wind schlägt mich, mein Körper schüttelt sich und unaufhörliche Stimmen beginnen mich zu stören. Sofort wird mein Bewusstsein in meinen Verstand transportiert und nachdem es ankommt höre ich jemanden an eine Türe klopfen. Ich beschließe mich zu öffnen. Nach dem Öffnen tritt ein leichter, dünner Gegenstand mit honigfarbenen Augen und einer Dornenkrone in den Kopf ein.

—Wer bist du?

—Ich bin Jesus Christus.

—Was machst du hier, in meinem Verstand?

—Ich kam hierher, um von dir Besitz zu nehmen. Wenn du zustimmst, werde ich dich zum mächtigsten und talentiertesten Mann machen.

—Wie weiß ich ob der bist, von dem sagst, dass du es bist? Ich will Beweise.

—Das ist einfach. Du bist ein junger Mann mit 26 Jahren, still, nett und sehr intelligent. Dein Traum ist es Autor zu werden und deshalb hast du die Reise auf den Berg gemacht von dem jeder behauptet, dass er heilig ist. Du hast die Beschützerin getroffen, das junge Mädchen, den Geist, den Jungen, hast die Aufgaben gelöst und die gefährlichste Höhle der Welt betreten. Fallen ausweichend und durch Szenarien schreitend hast du gesiegt. Also erfülltest du dir deinen Traum und wurdest zum Seher. Doch die Höhle war nur ein Schritt in deinem geistigen Wachstum. Jetzt brauchst du mich, um deinen Weg weiterzugehen.

—Du bist also wirklich Jesus Christus. Trotzdem, ich weiß nicht, ob ich jemanden in meinem Verstand möchte. Es ist schwer mich an eine Stimme, die mich jederzeit führt, zu gewöhnen. Kannst du mir nicht vom Himmel aus helfen? Das wäre mir angenehmer.

—Wenn ich nicht hier bleibe wirst du ein Versager werden. Entscheide dich schnell: Willst du ein Mann oder ein Gott sein? Wenn du dich für die zweite Option entscheidest, werde ich dich fliegen, auf Wasser laufen und Wunder ausführen lassen.

—Das glaube ich nicht. Wieder, ich brauche Beweise.

Ich bringe meinen Körper auf eine Überschwemmungsebene, wo der Fluss Mimoso passiert. Ich wollte einen wahren Beweis davon, was wirklich mit mir geschehen wird. Nach dem Ankommen beim Fluss versuche ich meine ersten Schritte auf dem Wasser zu unternehmen. Das Laufen gibt mir den Beweis seines Betruges. Ich wurde hintergangen.

—Monster! Du bist nicht Jesus Christus! Geh aus meinem Verstand, ich befehle es dir!

Der Mann wurde zu einer Kreatur mit Hörnern und einem langen Schwanz. Ein starker Wind beginnt auf ihn zu wehren und schiebt ihn genau zur Eingangstür meines Verstandes. Er geht und die Tür schließt sich. Mein Bewusstsein kehrt zur Normalität zurück und ich fühle mich besser. De Erfahrung erschöpfte meine Kräfte und so beschließe ich, mit der dritten Aufgabe geschafft, sofort zurück zum Hotel zu gehen. Jetzt musste ich nur noch Christine überzeugen und zum finalen Kampf gehen.

Das Gefängnis

Nach der Ankunft beim Hotel werde ich von der Gegenwart des Abgeordneten Pompeu und seinen Untergeordneten überrascht.

—Schaut, wer hier ist, gerade auf wen wir gehofft haben. Herr Seher, Sie sind festgenommen. (Pompeu)

—Wie? Wie lautet die Anklage?

—Er wird inhaftiert auf Anordnung von Königin Clemilda und das ist genug.

Schnell legen die Untergebenen mir Handschellen an. Ein Mix aus Empörung und Wut füllt mein gesamtes Wesen. Die Mächte der Dunkelheit nutzten ihren letzten Ausweg, um den Triumph des Guten zu verhindern. Eingesperrt könnte ich nichts machen und Mimoso wäre verloren. Was würde mit den „Gegenkräften" und Christine geschehen? In diesem Moment habe ich die Hoffnung schon verloren. Sie befohlen mir zu kaufen und genau das mache ich. Auf dem Weg zum Revier fallen mir all die Ungerechtigkeiten, die ich in meinem Leben erlitt, ein: ein schlecht korrigierter Test, eine unmenschliche öffentliche Angestellte, ein schlechter Prozess und Unverständnis von anderen. In all diesen Situationen fühlte ich mich gleich: unterdrückt. Ich gebe meine Aufmerksamkeit an den Abgeordneten und frage ihn, ob er keine Reue fühle. Er sagt, dass er es nicht fühlt, doch er würde, wenn er nicht einen Befehl erfüllen würde, weil er gewiss seinen Job verlieren würde. Ich verstehe seinen Punkt und habe keine weiteren Fragen. Einige Zeit später erreichen wir unser Ziel. Sie legen mir die Handschellen ab und gegen mich in eine Zelle mit einigen weiteren Gefangenen. Ich verbringe meine erste Nacht komplett eingesperrt.

Dialog

Nach kurzer Zeit finde ich einen Weg mich an den anderen Eingesperrten anzupassen. Sie sind dort aus verschiedenen Gründen: Einer für das Stehlen von Hühnern, andere für die Verweigerung, Steuern zu zahlen und einige, weil sie nicht für den vom Major nominierten Kandidaten wählten. Unter ihnen ist Claudio. Ich beginne mich mit ihm zu unterhalten.

—Bist du schon lang hier?

—Ja, eine lange Zeit. Ich bin hier seitdem der Major bemerkte, dass ich mit seiner Tochter gehe. Und du, wieso bist du im Gefängnis?

—Also, ich hatte eine Meinungsverschiedenheit mit einer Dame namens Clemilda. Sie begeht Tyrannei wie sie mich hier einsperrt. Aber erzähl mir über dich, du liebst dieses Mädchen so sehr bis zum Punkt, dass du es riskierst, dem Major gegenüberzustehen?

—Ja, ich liebe sie. Seitdem ich Christine traf, bin ich ein neuer Mann. Ich schätze nun die wirklich wichtigen Sachen. Ich gab auch all meine schlechten Angewohnheiten und wilde Gepflogenheiten auf. Ohne sie weiß ich nicht, was aus meinem Leben wird.

—Ich verstehe. Der Moment, in dem ich sie traf, dachte ich, dass sie wirklich was Besonderes ist. Es ist eine Schande, dass sie durch so eine Tragödie gehen muss.

—Ich hörte von der Tragödie, hier im Gefängnis. Trotzdem, ich weigere mich zu glauben, dass die Frau, die ich Liebe, eine Mörderin ist. Ihr Temperament entspricht nicht dem Fakt.

—Sie war nur ein weiteres Opfer der Hexe Clemilda. Diese Kreatur brachte die „Gegenkräfte" in ein Ungleichgewicht und es bedroht das gesamte Universum. Es war also dem Schicksal überlassen mich auf den heiligen Berg zu schicken, wo ich die Beschützerin, das junge Mädchen, den Geist und den Jungen traf. Ich komplettierte die Aufgaben und damit eroberte ich das Recht, die Höhle der Verzweiflung zu betreten, die Höhle, die deine tiefsten Träume erfüllt. Fallen ausweichend und durch Szenarien schreitend habe ich es zum Ende geschafft. Dann hat die Höhle mich zum Seher gemacht und ich machte einen Ausflug, einem Schrei folgend, den ich hörte. Dieser Schrei war von Christine. Bis dem Erreichen des heutigen Tages bot ich Clemilda die Stirn und sie gab mir drei Aufgaben, die ich schaffte. Jetzt ist das einzige, was noch zu erledigen ist, deine Geliebte zu überzeugen, das finale Gefecht zu kämpfen. Trotzdem, jetzt bin ich im Gefängnis und das hält mich davon abzuhandeln.

—Was für eine Geschichte! Ich habe schon von der Höhle und ihren wundervollen Kräften gehört, aber ich konnte mir nie vorstellen, dass sie jemand überstehen könnte. Du bist der Erste, den ich davon sprechen höre. Hör zu, wenn du meine Hilfe benötigt, ich stehe dir zur Verfügung.

—Danke. Gibt es einen Weg von hier auszubrechen?

—Es tut mir leid, aber den gibt es nicht. Diese Tore sind sehr stark und die Ausgänge des Gebäudes sind alle überwacht.

Claudios Antwort entmutigt mich. Was würde aus den „Gegenkräften", Christine und Mimoso werden? Mit mir im Gefängnis werden die Sachen mit jedem vorbeiziehenden Moment schlechter. Jetzt war nur noch übrig zu beten und auf ein Wunder zu hoffen.

Renatos Besuch

Ich wachte gerade auf und das Gefühl, das ich fühlte, dass alles falsch ist, lässt mich nicht gut fühlen. Dieser Ort war nicht für mich geeignet, weil ich durch hohe negative Ladungen beeinflusst wurde. Die „Gegenkräfte" schrien in mir und waren aktiver als je zuvor. Ein bisschen später kommt eine der Wachen und öffnet die Zelle für uns damit wir in die Sonne gehen können. Ich stelle mich in die Schlange, die sich formt. Wir laufen ein bisschen umher und nach kurzer Zeit werden wir in die Zellen zurückgebracht. Nach dem Zurückkommen werde ich darüber informiert, dass jemand auf mich im Besucherbereich wartet. Eine Wache begleitet mich und ich gehe, um die Person zu treffen. Beim Betreten des Raumes bin ich überrascht.

—Du? Was machst du hier, Junge?
—Ich kam, um dir zu helfen. Die Zeit ist hier für mich dir zu beweisen, dass ich von Nutzen bin und dass die Beschützerin richtig lag mich dich begleiten zu lassen.
—Mir helfen? Wie?
—Keine Sorge. Ich habe schon alles geplant. Wenn alles passiert, überlegen Sie nicht länger, rennen Sie.
—Was hast du vor? Ist es nicht gefährlich?
—Ich kann nichts sagen. Tu nur was ich sage.
—Danke, aber riskiere nicht zu viel für mich. Du bist nur ein Kind.
—Ich bin ein Kind, aber ich weiß wie man ein menschliches Herz erkennt. Ich fühle, dass du eine sehr besondere Person bist.

Renatos Worte berühren mich und ich umarme ihn. Er war nahezu immer bei mir, seitdem die Reise begann und das erzeugte eine Zuneigung zwischen uns. Ich fühlte mich schon wie sein Vater aber in diesem Moment war er derjenige, der mich tröstet und ermutigt. Nach der Umarmung verabschiedet er sich und ich gehe zurück in die Zelle, begleitet von einer Wache. Ich finde Claudio und wir beginnen eine neue Konversation. Ungefähr nach Renatos verlassen rieche ich einen komischen Geruch, Rauch bedeckt die Anlage und alle fallen in Panik, ich inklusive. Der Abgeordnete wird gerufen und befielt, alle Zellen zu öffnen. In der Verwirrung erinnere ich mich an Renatos Hinweis und bewege mich, ohne dass mich jemand sieht, aus der Polizeistation hinaus, da der Rauch so dicht ist. Auf dem Weg nach draußen finde ich Renato und wir entkommen zusammen. Wir gehen zurück zum Hotel, wo Carmen uns in einen besonderen Raum bringt. Er hat einen unterirdischen Eingang und dort werden wir beherbergt. Ich würde bis zum finalen Kampf sicher sein.

Die dritte Begegnung mit Christine

Christine entschied sich endlich und war bereit sich wieder mit mir zu treffen. Sie hörte, dass ich festgenommen wurde und dieser Fakt half ihr bei ihrer Entscheidung. Sie war auch erschöpft von den Ungerechtigkeiten die von ihrem Vater und der bösen Hexe, Clemilda, begangen wurden. Auf eine bestimmte Weise kontrollierte sie schon die „Gegenkräfte" und das hatte eine Priorität bei ihrer Entscheidung. Sie entschied sich also dafür, Carmen, die Besitzerin des Hotels, zu finden. Sie war sich sicher, dass Carmen über meinen Aufenthaltsort Bescheid wusste. Sie klatscht am Eingang zum Hotel ihre Hände zusammen und ihr wird sofort die Türe geöffnet.

—Sind Sie Frau Carmen? Ich muss mit Ihnen sprechen, Frau.
—Ja. Komm rein.

Christine beantwortet die Einladung und geht hinein. Carmen ging um Tee und Kekse zu holen. Sie kommt mit einem bezaubernden Lächeln zurück.

—Was kann ich für dich tun, meine Liebe? (Carmen)
—Ich suche Aldivan, den Seher. Er war im Gefängnis, aber ich hörte heute, dass er geflohen ist. Weißt du vielleicht wo er ist? Es ist wichtig.
—Ich weiß es nicht. Seitdem er festgenommen wurde, habe ich aufgehört mit ihm Kontakt zu haben.
—Das ist unmöglich. Ich brauche beide, ihn und Mimoso, so sehr. So wird also alles beim Alten bleiben? Wie lange können wir Clemildas Diktatur noch wegstecken?

Tränen rinnen Christines Gesicht hinunter und sie wird verzweifelt. Ihre Reaktion bewegt Carmen und sie tröstet sie.

—Wenn dieses Treffen so wichtig für dich ist bin ich sicher, dass ich einen Weg finden kann.

Carmen bewegt sich weg aus dem Wohnzimmer und ruft mich in ein Zimmer. Nachdem ich von der Gegenwart von Christine erfahre, bin ich froh und beschließe, sie sofort zu sehen. Ich gehe ins Wohnzimmer während Renato im Raum bleibt und Carmen geht in die Küche, um das Abendessen bereitzumachen. Als sie mich sieht, steht Christine auf und rennt los, um mich zu umarmen. Ich erwidere die Zuneigung. Wir sitzen Seite-an-Seite nebeneinander im Zimmer.

—Also, hast du dich entschieden?

—Ich habe viel darüber nachgedacht, was du gesagt hast und ich will dir sagen, dass ich es glaube. Im Kloster brachten sie mir bei ihm zu bemerken, wenn jemand ehrlich ist.

—Außer mir zu glauben, bist du auch bereit dein Leben zu ändern?

—Ja und ich will alles vergessen was passierte. Du lagst richtig über den Fakt, dass ich nicht schuld an der Tragödie bin. Es war ein Fluch, den die Hexe auf mich schoss als sie meinen Kopf berührte. Ich hoffe noch immer, dass sie geschlagen wird und dass der Wunsch, um den ich dem Berg bat, gewährt wird.

—Also habe ich es geschafft. Du hast dich selbst gefunden. Du scheinst nicht mehr das traurige, bestürzte, junge Mädchen zu sein. Ich freue mich für dich. Jetzt werde ich das Recht auf einen finalen Kampf haben. Die Begegnung zwischen den „Gegenkräften" nähert sich.

—Kampf? Worüber sprichst du?

—Es ist der Deal, den ich mit Clemilda machte. Wenn ich drei Aufgaben schaffe und dich davon überzeuge, dein Schicksal zu finden würde ich das recht haben diesen Kampf zu kämpfen. Es ist die einzige Möglichkeit um die „Gegenkräfte" zu versammeln und sie wieder ins Gleichgewicht zu bringen.

—Ich verstehe. Kann ich helfen? Meine Mutanten-Kräfte wären eine große Hilfe im Kampf.

—Ich weiß nicht. Es ist sehr gefährlich. Wenn du verletzt wirst, Christine, könnte ich mir selbst nicht verzeihen.

Ich denke einige Momente über ihr Angebot nach. Ich wundere mich, ob sie wirklich auf dem Schlachtfeld brauchbar ist. Ich weiß nicht was für eine Art von Krieg, das ist.

—Gut, du kannst. Trotzdem, du musst hinter mir bleiben. Ich werde dich vor den Mächten der Dunkelheit beschützen. Währenddessen bedeckst du die Rückseite mit deinen Mutanten-Kräften.

—Danke. Wann wird es geschehen?

—Morgen. Triff mich bei den Kapellen Ruinen um sieben Uhr morgens.

Ich nehme Abschied und bitte sie meinen Aufenthaltsort geheim zu halten. Sie stimmt zu und geht. Eine bestimmte Reue macht sich breit und isst mich auf, weil ich zu einem Kampf zugestimmt habe, doch es ist noch nicht zu spät. Der nächste Tag würde das Finale in puncto des Schicksals Mimosos sein und ich würde an einem Kampf teilnehmen, welcher mein Leben und das Universum verändern wird.

Der Aufruf des Engels

Christine und ich erreichen rechtzeitig den Treffpunkt. Sie fragt mich, wieso dieser bestimmte Ort und ich antworte, dass dies das Tor zu meinen Erfahrungen war. Ich erkläre ihr die Details über die „Gegenkräfte" und das momentane Ungleichgewicht. Danach bitte ich, um Stille und beginne damit den Engel zu beschwören, da er eine große Hilfe im Kampf wäre.

—Der Krieg zwischen den „Gegenkräften" nähert sich. In diesem Kampf werden sich wesentliche und bedeutungslose Wesen gegenüberstehen. Unsere Gruppe bestehe aus nur zwei Leuten: Ich, der Seher, und Christine, die eine Mutantin ist. Wir brauchen eine höhere Macht um uns unfassbare Sicherheit zu geben, wir bitten also unseren Vater, um seinen Engel zu schicken um uns zu begleiten und zu beschützen in diesem gefährlichen Kampf. Mimosos Schicksal hängt an dem Gleichgewicht und die Stärke der Güte muss komplett sein.

Ich wiederhole das Gebet dreimal und beim letzten Mal fühle ich mein Herz in unregelmäßigen Schlägen beben und mein sechster Sinn wird völlig geschärft. Einen Moment später sind meine Türen geöffnet und ich habe die Erlaubnis, die Mysterien der anderen Welt zu entschlüsseln. Ich sehe, in einem großen Raum eines royalen Palastes, eine geöffnete Tür und aus ihr kommen, sieben Engel, die zusammen Gott selbst repräsentieren. Einer von ihnen hält einen Kelch in den Händen, dessen Füllung meine hartnäckigen Gebete sind. Die sieben Engel nähern sich dem Thron des allmächtigen Gottes. Der mit dem Kelch schüttet den Inhalt über das Feuer auf der rechten Seite des Vaters. Donner brüllt und geänderte Stimmen können gehört werden. Die Tür zwischen den zwei Welten ist geöffnet und der Engel mit dem Kelch geht durch sie. Die Tür ist bis zu seiner Rückkehr versiegelt und verschlossen. In diesem Moment schließen sich meine Türen und ich komme in die Realität zurück. Nach der Rückgewinnung meines Bewusstseins sehe ich Christine knien und neben mir einen leuchtenden Engel mit langen und hellen Flügeln, den ganzen Platz beleuchtend. Auf seinem Gesicht stand König der Könige und Herr der Herren geschrieben. Seine Füße und Beine scheinen in Feuer zu stehen und sein schlanker Körper bewältigt jede Skulptur. Ich bleibe für einige Momente bei ihm und bewundere seine Schönheit. Er entscheidet sich mich durch Gedankenkräfte zu kontaktieren. Er bittet mich ruhig zu bleiben und Christine auf ihre Beine zu bringen, weil sie keinen Grund dazu hatte, ihn zu vergöttern. Ich gehorche dem Engel und frage, was geschehen wird. Er sagt mir, dass er es nicht weiß, dass das Treffen zwischen den „Gegenkräften" unvorhersehbar ist. Er versichert mir, dass wir mit ihm sicher sein werden. Mit erneuerten Kräften und himmlischer Beschützung, beschließe ich dasselbe Passwort meiner vorherigen Erfahrungen zu versuchen. Mit all der Stärke in meiner Brust rufe ich:

—Wir sind bereit!

Der Boden bebt, der Himmel verdunkelt sich, die Sterne zerbrechen und das gesamte Universum fühlt die Emotionen des Momentes. Der finale Kampf würde beginnen und die Zukunft beider Welten lag auf dem Spiel.

Der letzte Kampf

Das Szenario ändert sich noch immer. Der Boden verschwindet und der Engel muss uns Kräfte geben um fliegen zu können. Am Horizont erscheint eine trennende Linie als eine Art Kraftfeld, die uns am Vorbeigehen hindert. Dann kommt der Moment, in dem alles beginnt. Eine immense Dunkelheit nähert sich zusammen mit einem Vampir und ein Paar verschleierten Männern. Auf der anderen Seite ist Clemilda, alles mit ihren skrupellosen Superkräften steuernd. Endlich beginnt der Kampf. Der Engel und der Dämon, Christine und der Vampir, und ich und die vermummten Männer. Der Kampf zwischen immateriellen Wesen ist einfach unvorstellbar. Die beiden bewegen sich mit unglaublicher Geschwindigkeit und ihre Schläge sind extrem kraftvoll. Mit jedem Stoß scheinen die beiden Welten zu geben. Der Kampf zwischen Christine und dem Vampir ist auch ausgeglichen. Sie nutzt ihre Feuerstrahlen, um sich vor seinen Angriffen zu verteidigen. Ich begegne ebenfalls Schwierigkeiten. Die mit Kapuzen versehenden Männer sind ausgebildete Kämpfer. Ich muss all meine hellseherischen Kräfte nutzen, um ihnen zu trotzen. Der Krieg zwischen den „Gegenkräften" war nur der Anfang und die Schwierigkeiten waren zahlreich.

Der Kampf geht weiter und die Schlacht beginnt sich allmählich zu ändern. Einige der verschleierten Männer fallen wegen Erschöpfung um und ich fühle mich freier. Der Kampf zwischen dem Engel und dem Dämon und Christine und dem Vampir verblieben gleich, doch aus meiner Sicht sieht es aus als ob das Gute gewinnen wird. In nur wenigen Momenten siege ich durch das Stürzen meiner Gegner. Dann mache ich eine kleine Pause und beobachte die anderen Kämpfe. Ich hoffe auf Siege für sie alle. Clemilda bemerkt ihre bevorstehende Niederlage und mit all ihren Kräften beschwört sie die Untoten. Sie verlassen das Grab eines alten eingeborenen Friedhofes und sind alle Leute, die sich auf die eine oder andere Weise von ihrem wahren Weg ablenken ließen. Sie sind meine neuen Gegner im Kampf. Unter ihnen erkenne ich den eingeborenen Kualopu, ein Hexer der fast das Aussterben der Xukuru Nation verursachte. Er ist mein gefürchtetster Gegner, weil er, wie Clemilda, die dunklen Kräfte beherrscht. Bevor der Kampf startet, erinnere ich mich an die Lehren der Beschützerin, die Aufgaben und die Höhle. All diese Schritte dienten als erstaunliches geistiges Wachstum für mich. Jetzt würde ich das als meinen Vorteil in der Schlacht nutzen müssen. Der Kampf beginnt und die lebenden Toten versuchen mich einzuschließen, mit dem Ziel, mich unter einmal anzugreifen. Ich schüttle die Belagerung schnell ab und greife an. Mit der Stärke meines Angriffes reißen einige auseinander. Kualopu beginnt ein stilles Gebet zu wiederholen und im selben Moment rettet mich ein leuchtender Kreis und hinterlässt mich unbeweglich. Die anderen Untoten üben Druck auf mich aus. Das Gedächtnis der Höhle zeigte sich, als ich ein ganzes Szenario von Spiegeln konfrontieren musste. Drei Reflexionen wurden lebendig und zeigten einen 15-jährigen jungen Mann, der seinen Vater verlor, ein Kind und einen alten Mann. Ich ging gegen sie an und fand heraus, dass keiner von ihnen gegenwärtig der 26-jährige junge Mann, ein Autor, lizenziert in Mathematik, war. Der Kreis, der mich hielt, vertrat all meine Schwächen, die ich, als ich die Höhle betrat, schaffte zu kontrollieren. Darüber nachdenkend konzentriere ich mich auf meine Kräfte und mit einem Impuls zerbricht der Kreis. Ich konnte dann gegen eine große Nummer von Untoten zurückschlagen und sie zerstören. Kualopu lehnte es ab meine Stärke anzuerkennen und mit einem letzten Schlag war ich in der Lage, ihn zu überkommen. Nachdem sie das sah Clemilda in Panik und begann ihre letzte Strategie zu gliedern.

    Während sich Clemida vorbereitete, beobachtete ich, dass die anderen Kräfte des Guten schon im Vorteil gegen die der gegnerischen Kräfte waren. Das freute und beruhigte mich. Ich nahm mir auch die Zeit, mich zu entspannen und durchzuatmen. Schließlich entscheidet sich Clemilda. Sie geht, um den Kampf direkt beizutreten. Dunkle Kräfte nutzend, bewaffnet sie sich mit Schwert und Schild. Der Engel sieht meine Situation und gibt mir mit seinen Kräften dieselben Waffen. Der Showdown beginnt und ich bin erstaunt vom Geschick meiner Rivalin. Sie war keine Amateurin. Ich bleibe für einige Zeit defensiv, um sie mit all meinem Respekt zu beobachten. Meine Attitüde lässt mich meine Balance verlieren und die Hexe ist in der Lage mich ins Gesicht zu schlagen. Ich ordne meine Pläne neu und versuche einen Gegenangriff. Meine

Antwort zeigt Ergebnisse und ich komme zurück in den Kampf. Mit einem weiteren Angriff entwaffne ich sie und sie hat keine Defensive mehr. Dann, um die Situation ins Gleichgewicht zu bringen, werde ich meine Rüstung auch los. Ich packe sie und wir messen unsere Kräfte. Sie beschwört den Teufel, ich Jesus Christus und sein Kreuz. Im selben Moment fällt sie besiegt um. Der Dämon und der Vampir verschwinden; die Sonne und der Boden erscheinen. Der Engel scheint mehr als je zuvor und ich kann aus dem Himmel ein Geräusch von großen Feierlichkeiten hören. Ich schaffte es, die „Gegenkräfte" zu versammeln und Christine zu helfen. Sofort verabschiedet sich der Engel und verschwindet auch. Meine Zeitreise war ein Erfolg und ich würde sie, wann immer es nötig wäre wiederholen.

Der Zerfall der bestehenden Strukturen

Mit dem Fall von Clemilda löst sich die schwarze Wolke auf, ihre Handlanger fliehen und Christine war geheilt. Damit kam Mimoso wieder zur Normalität zurück und das Christentum nahm seinen Platz wieder ein. Zum Feiern organisierte Christine eine Party im Gebäude der Nachbarschafbusgesellschaft. Ich war der Hauptgast. Die Party war voller Reporter, die die ganze Zeit Fragen fragten.

—Ist es wahr, Herr Seher, dass Sie Mimoso von den Klaas Schicksalen Hexe retteten? Wie ist das passiert?

—Nun, ich war nur ein Instrument das Schicksal, genau wie meine Kollegin hier, Christine. Die „Gegenkräfte" waren im Ungleichgewicht und meine Mission war es, sie wieder zusammenzubringen.

—Was werden Sie nun machen, Herr?

—Also, das weiß ich nicht. Ich denke, dass ich auf ein neues Abenteuer warten muss.

—Sind sie verheiratet, Herr? Was ist Ihr Beruf?

—Nein. Ich priorisiere meine Studien. Was meinen Beruf angeht, ich bin ein administrativer Assistent. Dazu bin ich lizenziert in Mathematik und ein Autor.

Die Fragerei ging weiter doch ich entferne mich von den Reportern. Ich werde mit Christine sprechen und sehen wie es Ihr geht. Sie sagt, dass sie die Tragödie vergaß, doch sie ist noch immer über Claudio besorgt. Er wurde vor einiger Zeit festgenommen und sie hatte keine Neuigkeiten. Sie beteuert ihre Liebe und sagt, dass er unvergesslich ist. Ich tröste sie und heitere sie auf. Während der Feier werde ich an Ihrer Seite sein, um Ihnen Kraft zu geben. Als sie endet, verabschiede ich mich von Ihr und gehe zurück zum Hotel.

Gespräch mit dem Major

Bevor ich Mimoso verlasse, entschied ich mich eine letzte Anstrengung für Christine zu unternehmen. Eine große Liebe wie die ihre und Claudios könne nicht ohne eine letzte Chance gehen. Also ging ich zur Residenz des gefürchteten Majors für ein letztes Gespräch mit ihm. Nachdem ich den Garten des Hauses betrete, kündige ich mich an und war kurz darauf vor ihm.

—Herr Major, ich bin hier, um über ihre hübsche Tochter Christine zu sprechen. Ich war gerade bei Ihr und bemerkte, dass sie leidet. Wieso geben Sie dem Steuereintreiber, Claudio, keine Chance? Sehen Sie, nicht dass er der angebrachteste Mann für sie ist?

—Mische Dich nicht in Familienangelegenheiten ein. Ich zog meine Tochter nicht groß, um einen Steuereintreiber als Schwiegersohn zu bekommen.

—Ich mische mich ein, weil ich Ihr Freund bin und Ihr Glück mir wichtig ist. Eure Majestät lehnt Claudio ab, weil er arm und einfach ist. Haben Sie Ihre arme Kindheit in Maceió vergessen? Eure Majestät war auch einfach. Worauf es in einem anderen menschlichen Wesen ankommt, sind seine Qualitäten, sein Talent und Charisma. Unser sozialer Status definiert uns nicht. Wir sind, was unsere Taten über uns sagen.

Meine Antwort schüttelt den Major ein wenig und hartnäckige Tränen kommen aus seinen Augen. Er wischt sie mit Scham weg.

—Woher weißt du das? Ich habe noch nie jemandem von diesem dunklen Teil meines Lebens erzählt.

—Sie würden es nicht verstehen, wenn ich es Ihnen erklären würde. Das Problem ist, dass Sie unfair gegenüber Christine sind und sie ihrer wahren Liebe berauben. Sehen Sie die Tragödie die sie mit Ihrer arrangierten Hochzeit provozierten? Das System funktioniert nicht.

Der Major war für einige Momente nachdenklich und antwortet kurz darauf.

—Gut. Ich erlaube den beiden sich zu treffen und dann zu heiraten, aber ich will sie nicht hier in der Nähe sehen. Meine Tochter bleibt eine Enttäuschung in meinem Leben.

—Und Claudio? Werden Sie ihn freilassen?

—Ja, heute.

—Major, noch eine Sache. Ich habe meinen Beruf als Journalist beendet. Ich kann es nicht ausstehen diese Leute über Sie zu belügen.

Der Major krümmt sich vor Ärger, doch war schon draußen. Nachdem ich gegangen war, genoss ich ein reines Gewissen, weil ich meine Rolle erfüllte. Jetzt war alles, was dem Schicksal noch übrig blieb, die zwei Herzen, die sich wirklich lieben, zusammenzubringen.

Auf Wiedersehen

Endlich, der Moment für Claudio um freizukommen erreichte. Außerhalb der Polizeiwache wurde er von seinen Freunden und der leidenschaftlichen Christine erwartet. Alle waren begierig und nervös wegen des Anlasses. In der Station unterzeichnet Claudio die letzten Papiere, um freiwerden.

—Ich bin fertig, Abgeordneter Pompeu. Kann ich schon gehen? Es war eine Zeit des Leidens und der Qual hier drinnen. Ich erinnere mich gut an den Tag, an dem sie mich hier einsperrten und es war der schlimmste Tag meines Lebens. (Claudio)

—Du kannst jetzt gehen. Schauen wir, ob Du Dich davon abhalten kannst mit Mädchen zu flirten, mit denen du nicht solltest, oder?

—Meine Festnahme war tyrannisch und Sie wissen es, Herr. Ist es ein Verbrechen zu lieben? Ich kontrolliere mein Herz nicht.

—Also, Sie sind gewarnt. Soldat Peixoto begleitet die Zielperson bis zum Ausgang.

Claudio zieht sich zurück und der Soldat befolgt den Befehl des Abgeordneten. Auf dem Weg nach draußen blickt Claudio ein wenig zurück, als ob er sich von den Momenten, die er im Gefängnis verbrachte, verabschiedete. Danach sah er in den Himmel, so als ob er das gesamte Universum in Blick nimmt. Er fühlte sich frei und glücklich, weil er sein Leben wieder beginnen würde. Momente später umarmte er seine Freunde und Christine wartete auf ihre Runde. Die beiden umschlingen und küssen sich ausführlich.

—Mein Geliebter! Du bist frei! Jetzt können wir glücklich sein, weil mein Vater unsere Beziehung erlaubt hat. Der Berg ist wirklich heilig, weil er unsere Bitte beantwortete. (Christine)

—Ist es wahr? Ich glaube es nicht! Heißt das, dass wir Zusammensein können und unsere Kinder haben können? Gesegneter Berg. Ich habe dieses Wunder nicht erwartet.

Die beiden feiern weiter und in der Zwischenzeit nähere ich mich. Wir erreichen die Zeit meiner Abfahrt.

—Wie wundervoll es ist Euch zusammen und glücklich zu sehen. Ich denke, ich kann beruhigt zurück zu meiner echten Zeit gehen.

—Musst du wirklich gehen? Was für eine Schande! Schau, wie wir gelernt haben deine Bemühungen und Entschlossenheit zu bewundern. Ich werde nie vergessen, was du für mich und Claudio gemacht hast, danke!

—Ich werde Dich auch vermissen. Im Gefängnis, wo wir zusammen festgehalten wurden, konnte ich Dich besser kennenlernen und ich denke, du verdienst eine Chance im Leben und im Universum. Viel Glück! (Claudio)

—Bevor ich gehe, ich will eine letzte Sache fragen, Christine. Kann ich ein Buch mit Deiner Geschichte veröffentlichen?

—Ja, unter einer Bedingung. Ich will es benennen.

—Gut. Wie soll es heißen?

—Es soll „Gegenkräfte" heißen.

Ich nehme Christines Vorschlag an und gebe ihnen eine letzte Umarmung. Sie waren alle Teil meiner Geschichte. Mit Tränen in den

Augen schreite ich zurück und begebe mich zum Hotel. Ich würde meine Koffer packen und gehen. Auf dem Weg erinnere ich mich an all die Zeiten, die ich in diesem bäuerlichen Ort verbrachte. Alles durch das ich ging zu meiner spirituellen und moralischen Bildung bei. Jetzt war ich bereit für neue Abenteuer und Perspektiven. Mit langsamen Schritten nähere ich mich dem Hotel. Ich verabschiede mich ein letztes Mal von allem was um mich ist und folgere, dass ich sie nicht komplett vergessen werde. Sie werden für immer in meinen Verstand als Erinnerungen meines ersten Ausfluges in der Zeit geätzt sein, ein Ausflug, der die Geschichte des kleinen Dorfes namens Mimoso veränderte. Darüber nachdenkend fühle ich mich froh und erfüllt. Einige Momente später erreiche ich das Hotel und gehe in mein Zimmer. Renato schläft und ich wecke ihn auf. Wir packen unsere Koffer und gehen in die Küche um uns von Carmen zu verabschieden.

—Frau Carmen, wir gehen. Ich wollte sagen, dass Ihre Hilfe notwendig war damit ich die Details der Tragödie herausfand. Dazu möchte ich Ihnen für die Gastfreundlichkeit und Geduld danken.

—Ich bin es, die Euch für alles, war Ihr, für Mimoso, getan habt gerne danken würde. Wir lebten unter einer Diktatur und Ihr habt uns befreit. Ich hoffe, dass all Eure Träume wahr werden.

—Danke. Renato, sag auf Wiedersehen zu Frau Carmen.

—Ich will sagen, dass Sie während all dieser Zeit wie eine Mutter für mich waren. Ich liebte das Essen und Ihre Ratschläge.

Die drei von uns umarmten sich und die Emotionen des Momentes ließen mich ein paar Tränen vergießen. Was wir in diesen dreißig Tagen erlebten kam zu einem Ende. Sie würden für immer besonders in meinem Leben sein. Als die Umarmung endet, gehen wir zur Tür und winkten ein letztes Mal. Nachdem wir gegangen waren, würden wir an denselben Ort gehen, wo wir unsere Zeitreise begann.

Die Wiederkehr

Von der Außenseite des Hotels nehme ich einen letzten Blick auf das, was mein Zuhause während der letzten 30 Tage war. Dort hatte ich meine erste Vision, die mir die ganze Geschichte zeigte. Es war die Realisation der Träume des Sehers, ein allwissendes Wesen, durch seine Visionen. Mit den Fakten war ich in der Lage den Zeitplan der Geschehnisse zu betreten und so zu handeln, dass die Ungerechtigkeiten abgetan werden. Das hinterließ mich mit einem reinen, frohen Bewusstsein, weil ich die Mission erfüllte, die die Beschützerin mir anvertraute. Ich schaffte es, die „Gegenkräfte" wiederzuvereinigen und Christine zu helfen, wahres Glück zu erhalten. Folglich kehrte Mimoso zum Christentum zurück und viele der Gläubigen konnten den Erschaffer anbeten, lobpreisen und verherrlichen. Ich wünschte mir, dass ich noch ein wenig mehr Zeit hätte um all diese Arbeit genießen zu können. Gut, ich werde im Geiste beobachten. Mit einem Blick schaue ich auf Renato und bemerke, wie wichtig er auf meiner Mission war. Ohne ihn wäre weder mein Kontakt mit Christine ausreichend gewesen, noch hätte ich aus dem Gefängnis ausbrechen können. Es war wahrlich lohnenswert ihn auf dieser Reise mitzunehmen.

Wir laufen weiter und nähern uns schnell dem Fuß des Ororubá Berges, dem Berg, der von allen als Heilig angesehen wird. Es war an diesem Ort an dem ich die Beschützerin, den Geist, die junge Frau und das Kind traf, ich komplettierte die Aufgaben und betrat die gefährlichste Höhle der Welt. In der Höhle, Fallen ausweichend und durch Szenarien schreitend, schaffte ich es, sie meine Träume ausführen zu lassen und sie verwandelte mich in den Seher. All das war unglaublich wichtig, um die Reise rechtzeitig zu schaffen und die Handlungsstränge ändern zu können. Jetzt war ich dort, am Fuße des Berges, erfüllt und bereits an das nächste Abenteuer denkend. Ich war so darauf konzentriert, dass ich nicht bemerkte, dass mich eine kleine Hand zieht. Ich drehe mich um, um zu sehen, was los ist. Es war Renato.

—Was wird aus mir jetzt, Herr Seher?

—Also, ich soll Dich zu der Beschützerin zurückbringen, die sich um Dich kümmert, oder?

—Versprechen Sie mir, dass Sie mich auf Ihren nächsten Ausflug mitnehmen. Ich liebte es 30 Tage im Dorf von Mimoso zu verbringen. Zum ersten Mal fühle ich mich brauchbar und wichtig.

—Ich weiß nicht. Nur, wenn es unbedingt nötig ist. Wir werden sehen.

Meine Antwort scheint Renato nicht unbedingt froh gemacht zu haben, das ist mir aber egal. Ich konnte nichts über die Zukunft garantieren, obwohl ich Hellseher war. Dazu konnte ich nicht vorhersehen was mit dem Buch geschehen wird, das ich veröffentlichen werde. Von ihm hängen meine neuen Abenteuer ab. Ich vergesse ein wenig das Problem meines Buches und konzentriere mich auf die mich umgebende Natur: die grauen Wolken, die reine Luft, die ausgelassene Vegetation und die heiße Sonne. Die sieben Tage, die ich auf der Spitze des Berges verbrachte brachten, mir bei, alles voll zu respektieren. Wenn wir das nicht machen erwidert es negativ. Die Beispiele sind nicht wenige: Naturkatastrophen, globale Erwärmung und der Mangel an natürlichen Ressourcen. Das Ende ist nah, wenn wir in diesem Zustand der Unvernunft bleiben.

Zeit vergeht und wir erklettern den Berg komplett. Wir gehen zurück an den Punkt, wo wir die Zeitreise machten und ich beginne mich zu konzentrieren. Ich erschaffe einen Kreis des Lichtes um uns und wir beginnen uns zu verlangsamen. Es war nötig das Gegenteil davon zu machen, was zuvor gemacht wurde, um in der Zeit vorwärts zureisen. Ein kalter Wind schlägt, mein Herz rast, die Erdanziehungskraft verliert ihre Macht und damit beginnen wir unsere Rückreise. Der Ring des Lichtes erweitert sich und die Jahre vergehen: 1910, 1920, 1930, 1940, 1950, 1960.. ... ... 2010. Als wir an diesem Punkt ankommen löst sich der Kreis auf und wir fallen auf den Boden. Nach dem Aufstehen sehe ich die Beschützerin und das macht mich glücklich.

—Also dann, ich sehe, dass Ihr schon zurück seid. Du hast es geschafft, die „Gegenkräfte" wiederzuvereinigen und dem Mädchen zu helfen, Kind Gottes?

—Ja. Der Ausflug war ein Erfolg und ich schaffte es, den Sinn der Dinge wieder herzustellen. Die Höhle war notwendig für mich um erfolgreich zu sein.

—Die Höhle wird nur ein Schritt auf Deiner Reise sein. Sie sollte als Unterstützung des Wachstums und Lernens sein. Der Seher hat noch viele Aufgaben vor sich. Sei Weise und vernünftig in Deinen Entscheidungen.

—Also, ich gebe Renato wieder in deine Obhut. Du hattest recht ihn mit mir zuschicken. Er war wichtig. Außerdem würde ich Dir gerne für die Aufmerksamkeit und Hingabe danken, die du mir gegeben hast. Ohne deine Lehren hätte ich weder die Höhle geschlagen noch wäre ich Seher geworden.

—Danke nicht mir. Du musst an diesen heiligen Ort zurückkommen, wann immer es nötig ist. Dann werde ich erscheinen und Dir den Weg zeigen. Vor allem, erinnere Dich: Liebe und Glauben sind zwei mächtige Kräfte, die, wenn sie richtig eingesetzt werden, Wunder bewirken können. Wenn in Zweifel oder während den dunkelsten Nächten Deiner Seele, klammere Dich an Deinen Gott und diese zwei Kräfte. Sie werden Dich befreien.

Nachdem sie das gesagt war, verschwindet die Beschützerin zusammen mit Renato. Ich stand für einige Momente, darüber nachdenkend, was die Beschützerin sagte. Die dunkelsten Nächte meiner Seele? Ich denke, dass ich mehr darüber lernen sollte. Ich nehme meine Koffer und begann den Weg den Berg runter. Ich würde das erste Auto nehmen, um nach Hause zu kommen.

Zu Hause

Ich kam gerade von meiner Reise zurück und meine Verwandtschaft begrüßt mich mit einer Feier. Meine Mutter scheint besorgt zu sein da sie unermüdlich Fragen stellt. Ich beantworte ein paar und sie wird ruhiger. Ich gehe in mein Zimmer und lege meine Koffer weg. Wieder schaue ich auf die Werke, die ich in den letzten Jahren gelesen habe und fühle mich noch glücklicher, weil meines bald unter ihnen sein wird. Ich bin nun Teil der Literatur und bin sehr stolz darauf. Meine Aufmerksamkeit weicht ab und ich bemerke, dass mein Bett voller Mathematikbücher ist. Ich fühle mich ein wenig schuldig, weil ich sie alle für knapp einen Monat zurückließ. Ich beginne sie durchzublättern, mache ein paar Rechnungen. Endlich bin ich zurück und mache Mathematik, die andere Leidenschaft in meinem Leben.

Epilog

Nach dem Verlassen von Mimoso passierten viele Dinge. Christine und Claudio heirateten und wurden Eltern von sieben wunderschönen Kindern. Die kleine Kapelle von St. Sebastian wurde wiederaufgebaut und der Gouverneur erfüllte sein Versprechen gegenüber dem Major und unterstützte ihn als Bürgermeister von Pesqueira. Er wurde gewählt und führte seine Geschichte der Domination und Autorität weiter. In der jüngsten Vergangenheit wurde die Autobahn BR-232 gebaut und das brachte den Transfer von Dienstleistungen und Unternehmen nach Arcoverde (in der Zeit als dieses Buch geschrieben wurde, war ich im Dorf weißer Fluss). Dann kam die allmähliche Loslösung der Eisenbahn und Mimoso wurde eine Geisterstadt.

Momentan hat Mimoso 3000 Einwohner und die Wirtschaft des Bezirkes ist mit den benachbarten Städten, Pesqueira und Arcoverde, verbunden. Grundsätzlich dreht es sich um Produktions- und Viehzulagen, eingenommen von den pensionierten Personen. Eines der Höhepunkte von Mimoso ist die Stiftung Possidônio Tenório de Brito, die durch den pensionierten Richter Aluiz Tenório de Brito Möglichkeiten für Bildung und Kultur anbietet. Er legte eine wertvolle Bibliothek an, startete informationelle Bildungskurse sowie ein Videoarchiv. Ich bin einer der jungen Menschen der von dieser Initiative begünstigt wurde und heute bin ich ein Schreiber, Autor von „Konflikte der Dualität".

www.ingramcontent.com/pod-product-compliance
Lightning Source LLC
LaVergne TN
LVHW040158080526
838202LV00042B/3217